共和国的历程

精兵之举

中国人民解放军裁减员额一百万

刘 亮 编写

蓝天出版社 吉林出版集团有限责任公司

图书在版编目（CIP）数据

精兵之举：中国人民解放军裁减员额一百万 / 刘亮编写.
—北京：蓝天出版社，2014.10（2023.3重印）
（共和国的历程）
ISBN 978-7-5094-1250-3

Ⅰ．①精… Ⅱ．①刘… Ⅲ．①革命故事－作品集－中国－当代 Ⅳ．①I247.

中国版本图书馆 CIP 数据核字（2014）第 232647 号

精兵之举——中国人民解放军裁减员额一百万

编　　写：刘　亮
策　　划：金永吉　荆忠峰
责任编辑：孔庆春　王燕燕
出版发行：蓝天出版社　吉林出版集团有限责任公司
地　　址：北京市复兴路 14 号
邮　　编：100843
电　　话：010--66983715
经　　销：全国新华书店
印　　刷：北京楠海印刷厂
开　　本：710mm×1000mm　1/16
字　　数：69 千
印　　张：8
版　　次：2016 年 3 月第 1 版
印　　次：2023 年 3 月第 3 次
定　　价：29.80 元

前　言

　　中华人民共和国自 1949 年 10 月 1 日成立以来，已走过了六十多年的风雨历程。历史是一面镜子，我们可以从多视角、多侧面对其进行解读。然而有一点是可以肯定的，那就是，半个多世纪以来，在中国共产党的领导下，中国的政治、经济、军事、外交、文化、教育、科技、社会、民生等领域，都发生了深刻的变化，中国人民站起来了，中华民族已屹立于世界民族之林。

　　这段时间放到整个历史长河中是短暂的，有如弹指一挥间，但它带给中国的却是极不平凡的。六十多年里神州大地经历了沧桑巨变。从开国大典到 60 年国庆盛典，从经济战线上的三大战役到经济总量居世界前列，从对农业、手工业、资本主义工商业的三大改造到社会主义市场经济体制的基本确立，从宜将剩勇追穷寇到建立了强大的国防军，从废除一切不平等条约到独立自主的和平外交政策，从"双百"方针到体制改革后的文化事业欣欣向荣，从扫除文盲到实施科教兴国战略建设新型国家，从翻身解放到实现小康社会，凡此种种，中国人民在每个领域无不留下发展的足迹，写就不朽的诗篇。

　　六十几年在历史的长河中犹如沧海一粟，但对身处其间的个人却是并非无足轻重的。其间究竟发生了些什么，怎样发生的，过程怎样，结果如何，非人人都清楚知道的。对此，亲身经历者或可鲜活如昨，但对后来者却可能只是一个概念，对某段历史的记忆影像或不存在或是模糊的。基于此，为了让年轻人，特别是青少年永远铭记共和国这段不朽的历史，我们推出了这套《共和国的历程》。

《共和国的历程》虽为故事形式，但与戏说无关，我们是想借助通俗、富于感染力的文字记录这段历史。这套丛书汇集了在共和国历史上具有深刻影响的重大历史事件。在丛书的谋篇布局上，我们尽量选取各个时代具有代表性的或深具普遍意义的若干事件加以叙述，使其能反映共和国发展的全景和脉络。为了使题目的设置不至于因大而空，我们着眼于每一重大历史事件的缘起、过程、结局、时间、地点、人物等，抓住点滴和些许小事，力求通透。

历史是复杂的，事态的发展因素也是多方面的。由于叙述者的视角、文化构成不同，对事件的认知或有不足，但这不会影响我们对整个历史事件的判断和思考，至于它能否清晰地表达出我们编辑这套书的本意，那只能交给读者去评判了。

这套丛书可谓是一部书写红色记忆的读物，它对于了解共和国的历史、中国共产党的英明领导和中国人民的伟大实践都是不可或缺的。同时，这套丛书又是一套普及性读物，既针对重点阅读人群，也适宜在全民中推广。相信它必将在我国开展的全民阅读活动中发挥大的作用，成为装备中小学图书馆、农家书屋、社区书屋、机关及企事业单位职工图书室、连队图书室等的重点选择对象。

编　者

2014 年 1 月

一、 军队要整顿

● 会场里，闪亮的五角星似暗夜中的群星闪烁，鲜红的领章像战场上的红旗一样飘舞。

● 邓小平操着浓重的四川口音说："军队膨胀起来，不精干，打起仗来就不行。我想军队绝大多数同志是不满意这个现状的。"

● 有的干部摘下了军帽，掏出手绢擦了擦满头的汗水；有的干部拿着笔不动，陷入了沉思；有的干部两眼露出兴奋的光芒……

邓小平参与军委领导工作

1975 年新年的曙光刚刚降临在中国的大地上，一份中共中央的红头文件就给全党、全军、全国人民带来了令人兴奋的好消息。

1 月 3 日，经毛泽东圈阅，中共中央发出当年第一号文件，任命邓小平为中共中央军委副主席兼中国人民解放军总参谋长。

1969 年，受"文革"冲击，邓小平一家被下放到江西。直到 1973 年 2 月，邓小平才结束在江西的生活。

毛泽东同周恩来商量，决定恢复邓小平国务院副总理职务，并参加军委工作。在毛泽东眼中，邓小平是个"办事比较果断"、"柔中有刚，绵里藏针"的难得的人才。

1973 年 8 月 24 日至 28 日，中国共产党第十次全国代表大会在北京召开。在这次会议上，邓小平被选为中央委员。

1973 年 12 月 12 日，毛泽东亲自主持召开中央政治局会议，讨论八大军区司令员对调的问题。

在会上，毛泽东说："我和剑英同志请邓小平同志参加军委，当委员。"并对叶剑英说："你是赞成的，我赞成你的意见。我代表你讲话。"

1973 年 12 月 22 日，毛泽东在召集对调的军区司令员宣布对调的决定时，指着邓小平说：

> 现在，我请来了一个军师，叫邓小平。发个通知，当政治局委员、军委委员。政治局管全部的，党政军学民，东西南北中。我想政治局添个秘书长吧，你不要这个名义，那就当个参谋长吧。

1973 年 12 月 22 日，党中央正式作出决定：

> 邓小平同志为中央政治局委员，参加中央领导工作，待十届二中全会追认；为中央军委委员，参加军委领导工作。

红头文件下发后不久，中国共产党十届二中全会召开，邓小平的政治局委员得到追认，并被选为中共中央副主席、中央政治局常委。

1975 年 1 月 13 日，第四届全国人民代表大会胜利召开，邓小平被任命为国务院第一副总理。

2 月 2 日，周恩来向毛泽东报告，提出在他治病疗养期间，由邓小平代行总理职务，主持国务院的工作。毛泽东批准了这个报告。

这样，邓小平开始实际上主持中央的日常工作。

军队要整顿

在此时，全国人民企盼着党领导全国人民集中精力向第四届人大提出的四个现代化宏伟目标前进。

邓小平受命于危难之际，刚刚重返政坛就成为备受国人乃至世界瞩目的焦点。

面对一系列复杂的问题和严峻的困难，邓小平以无产阶级革命家的气魄和非凡的毅力，领导全党、全军和全国人民，克服阻挠，顽强地向四个现代化迈进。

邓小平从治理整顿入手，努力促进安定团结，狠抓国民经济和国防军队建设，使各行各业的形势明显好转，特别是军队建设，获得了新的重大转机。

军队整顿的方向

1975 年 1 月 25 日，邓小平在总参谋部机关团以上干部会议上，发表《军队要整顿》的重要讲话。

与会的所有干部都在期待着军队走出困境，走向新的开始。在会场里，闪亮的五角星似暗夜中的群星闪烁，鲜红的领章像战场上的红旗一样飘舞。

邓小平在烟灰缸里弹了一下烟头，操着浓重的四川口音说：

军队膨胀起来，不精干，打起仗来就不行。

我想军队绝大多数同志是不满意这个现状的。

会场里的人听了纷纷点头，这说出了他们憋在心里很久的话。

数年以来，军队不断增加人员，层级越来越多。买个灯泡也要写个文件在各级领导之间画上好长一阵子的"圈"，这样的体制怎么能适应战争的需要呢？

人们不由自主地竖起了耳朵仔细地听，那些拿着笔记录的人，记录之余关注地望着邓小平。

邓小平接着说：

军队要整顿

所以，毛泽东同志提出军队要整顿。军队的总人数要减少，编外干部太多要处理，优良传统要恢复。总参谋部、总政治部、总后勤部的责任更大，三总部本身首先要整顿。

接下来，邓小平还就加强军队内部的团结，加强纪律性作出了重要指示。

在邓小平看来，只有加强内部团结，令行禁止，军队才有战斗力，也才能成功实现军队规模的裁减。

听到要裁减人员，会场里的人们心里不禁"咯噔"一下。虽然军队裁减人员是军队整顿必须采取的举措，但谁也不想这把"剪刀"剪到自己的头上。

在主席台上，邓小平似乎体会到了人们的心情，但他依然坚定地表示，军队要像军队的样子。现在提出纪律性，首先要从我们北京的机关、部队做起。

邓小平明确地指出：

军队要整顿，要安定团结，要落实政策，这些原则是不会错的。为了做到这些，我们要增强党性，消除不团结因素，加强纪律性，提高工作效率。

有的干部摘下了军帽，掏出手绢擦了擦满头的汗水；有的干部拿着笔不动，陷入了沉思；有的干部两眼露出兴奋的光芒……

　　所有的人都听出了邓小平的弦外之音：军人要服从，服从命令，服从军队建设，服从国家建设大局。裁减规模是为了提高工作效率，而提高工作效率就必须严格执行纪律。

　　无论参加会议的人们怎么想，他们心里都明白，军队建设已经走到了一个十字路口，在这场大变革中，所有的军人都要服从国家的大局。

　　邓小平复出后在第一次军队较大会议上，就指出了军队建设所有要解决的主要问题，指明了军队整顿的方向，吹响了深入整顿的号角。同时，也为后来百万大裁军埋下了伏笔。

军队要整顿

军委扩大会议决定"消肿"

1975 年 6 月 24 日至 7 月 14 日，人民解放军建军史上具有重大历史意义的会议在北京召开。

这是邓小平复出后，同叶剑英商议，筹备召开的一次军委扩大会议。这次会议，目的就是解决军队建设上一系列重大问题。

其实在这之前，叶剑英就曾经筹备过召开军委扩大会议。

1971 年底，叶剑英指示军委办公厅、三总部和军事科学院，分别组织专门小组，分工研究军队建设的有关问题，为会议准备文件和材料。

当时叶剑英指出，召开军委扩大会议的重点，是围绕贯彻毛泽东"军队要整顿"的指示，整顿与解决军队建设中存在的突出问题。

1972 年的第一季度，叶剑英多次召开座谈会，听取文件起草小组征求的全军各大单位的意见。他还亲自找军内老同志谈话，听取他们的建议，并专门把会议准备的材料呈送给徐向前、聂荣臻等军内老帅们阅示。

1972 年 2 月底，由叶剑英主持起草的《在军委扩大会议上的报告》、《中共中央军委扩大会议决议》两个文件初稿形成。

这两个文件，集中了军内老一辈领导人和主要领导的意见，重点提出了整顿的任务：

整顿思想作风，肃清林彪推行的形式主义、实用主义、教条主义和无政府主义的流毒，恢复和发扬人民解放军政治工作的优良传统，坚持党对军队的绝对领导，坚持民主集中制原则；

整顿各级组织，理顺编制、体制；

整顿军事训练，肃清林彪制造的军政对立，在军事训练中推行取消主义、形式主义的流毒，对部队进行严格训练，严格要求，提高部队的军事素质；

整顿和健全规章制度，加强部队管理；

整顿军队院校，恢复必要的指挥院校和技术院校等。

叶剑英筹备的军委扩大会议涵盖面非常广。军委扩大会议原定于 1972 年 3 月召开。但是，由于当时的形势，会议一直没能召开。

三年之后的 6 月 24 日，新的军委扩大会议冲破重重阻力终于召开了。

会议遵照毛泽东关于"军队要统一"、"军队要整顿"、"要准备打仗"的指示，针对军队建设存在的问题，全面讨论研究了纠正不正之风，整顿军队纪律，压缩军队定

军队要整顿

额，调整编制，安排超编干部，加强军事训练，恢复和发扬军队优良传统和作风，加强部队的思想建设、组织建设和作风建设，以及进行全面整顿的具体措施等重大问题。

在这次会议上，军委分析了国际国内形势，认为革命和战争的因素都在增长。一方面，战争不可避免；另一方面，战争可能推迟，因此有必要也有可能争取时间，搞好工作，准备打仗。

会议提出的这个重要的判断，是 20 世纪 60 年代提出准备"早打、大打、打核大战"，"战争迫在眉睫"观点以来，第一次提出战争可能推迟的重要思想，对军队各项建设具有重要指导意义。

会议认为，国防建设只有随着国家经济建设的发展才能相应地发展。

在这次会议上，邓小平和叶剑英先后发表了重要讲话。

7 月 14 日，邓小平作了《关于整顿的任务》的讲话。在这个讲话中，邓小平把军队的问题概括为"肿、散、骄、奢、惰" 5 个字。其中的"肿"就是部队庞大机构臃肿。

在说到如何解决"肿"的问题时，邓小平强调：

要抓编制，严格搞好军队的编制整顿、体制整顿，压缩军队定额，调整配备好各级领导班子，以此带动和影响军队其他问题的解决。

邓小平指示说：

为了保证军队"消肿"，要整顿军队的思想作风，增强党性，反对派性，加强纪律性；加强政治工作，加强军队党委的集体领导，加强政治机关建设，提高政治机关的威信，提高政治干部的质量和模范作用；要在整编中配备、健全各级领导班子。

邓小平还指出：

要以这次"消肿"为契机，解决部队存在着的不少怕字当头的"软"班子，干劲不足的"懒"班子，闹不团结的"散"班子的问题。

7月15日，叶剑英作了会议总结讲话：

为了改变当前部队不符合打仗要求的现状，毛主席、党中央决定，压缩军队定额，编制体制也做相应调整，这是加强我军建设，准备打仗的一项重要措施。

关于精简整编的原则，主要是精简机关，

军队要整顿

裁减重叠机构，减少保障部队和普通兵员，保留政治工作骨干，有重点地加强特种兵部队。

通过精简整编，把部队搞得比较精干，进一步提高部队质量，提高作战能力。做到小打，现有部队就可以；中打，稍加充实也能应付；大打，能保证部队迅速扩编。

叶剑英还就教育干部和加强纪律性作了总结。

以邓小平和叶剑英为主要领导的中央军委，决心以调整领导班子和安排超编干部为突破口，对进行人民军队初步"消肿"。

这次会议，是我军摆脱错误思想影响，走上正确发展道路的重要会议。这为裁减军队规模进行了指导思想上的铺垫，为我军进行大规模整编精简奠定了基础。

初步减员见成效

1975 年 7 月 19 日，中央军委扩大会议结束后的第四天，中共中央批转中央军委《关于压缩军队定额、调整编制体制和安排超编干部的报告》。

8 月 7 日，中共中央军委转发总政治部《关于安排超编干部的方案》。

为完成好这个任务，叶剑英请示党中央、毛泽东批准，组成了以叶剑英、聂荣臻、粟裕、陈锡联等为成员的领导小组，领导调整领导班子的工作。

8 月至 11 月，领导小组对军队 25 个大单位的领导班子逐个进行调整配备。

领导小组的老帅和老将军们认真了解情况，将不注重团结，政治上不强的人调了下去，坚决不予重用。对那些一时犯了错误而又能改正错误的人，本着团结教育的干部政策也给予适当的工作。

紧接着，中共中央军委公布了调整后的各总部、各军兵种、各大军区主官名单。

超编干部是部队班子"肿"的表现之一。

由于此前曾有大批干部执行"三支两军"任务，部队形成了两套班子，一套在地方执行"三支两军"任务，一套在部队主持工作，有的部队一个职位上副职干部达到四五名之多。按照《关于安排超编干部的方案》，这次决定，将几十万超编干部转业到地方工作。

在进行干部转业工作的同时，中央军委批转了总参谋部《压缩军队定额，调整编制体制方案》，从 1975 年第四季度开始到 1976 年，各军区、各军兵种按新编制进行整编，裁减部队，调整机构。

精简整编后，全军机关、保障部队比例减小，战斗部队、院校和科研单位的比例增大。陆军所占比例减小，海军和空军比例增大。同时，还组建和扩编了一些兵种部队。

到 1976 年，人民解放军的编组状况按照现代战争的要求有了较大的改善，全军总人数在上一年的基础上减少了 13.6％。人民解放军初步"消肿"已见成效。

必须进行体制编制改革

1977 年，邓小平继续强调军队要精简整编，着力改革军队体制。在同年底召开的中央军委扩大会议上，邓小平指出：

> "肿"的问题还没有很好地解决，臃肿的情
> 况还很严重。

这次会议通过了《关于军队编制体制的调整方案》，肯定了 1975 年军委扩大会议确定的精简整编的方针、原则和措施。"方案"要求全军继续完成 1975 年规定的精简整编任务。

邓小平还强调了此次精简整编的重点：

> 主要是精简各级领导班子和领导机关，首
> 先是总部和军、兵种、大军区、省军区机关。

然而，1975 年和 1977 年的军队精简都没有从根本上改革体制编制，军队的"臃肿"问题始终没有得到彻底解决。情况常常是兵员刚刚减下去，很快就又长了上来。有的部队上报的减员数还没有增加的人数多。

军队要整顿

1979 年 10 月，后来任副总参谋长的张震还在总后工作。这天，张震到邓小平同志家里开会，研究 1980 年的军费预算，提出的初步方案为 204 亿元，大家均无不同意见。

只有国务院副总理李先念表示，国家财政难以负担，因为当时国家的现代化建设刚刚起步，各项基础设施正在规划和建设中，到处都需要钱。

其实，中央领导们心里都装着一组沉甸甸的数字，这些数字告诉他们，像中国当时那样规模的军队，只有美国和苏联那样的超级大国才养得起，而我国的军费还不到苏联军费的一个零头。

在军费中，相当大的一部分被众多兵员的"人头费"占去了。这不但是国家和人民的沉重负担，也直接限制了部队武器装备的发展和战斗力的提高。

于是，军委又开会研究，认为军队要顾全大局，压缩军费预算，不能养这么多人，最后确定保留 450 万人。

这个目标的裁减量比较大，而且，为了防止裁掉的再长回来，就必须进行编制体制改革。

至此，编制体制问题，成了裁军过程中必须处理的首要问题。

1980 年 3 月，中央军委常委在北京召开扩大会议，集中讨论军队精简整编问题。

在这次会议上，邓小平作了《精简军队，提高战斗力》的讲话。

邓小平在讲话中说：

> 冷静地判断国际形势，多争取一点时间不打仗还是可能的。在这段时间里，我们应当尽可能地减少军费开支来加强国家建设。
>
> ……
>
> 体制问题，实际上"消肿"是一个问题的两个方面。要"消肿"，不改革体制不行；要通过体制改革，建立起军队合理的组织结构和完善的规章制度。

会议讨论通过了《中央军委关于精简整编的方案》，决定减少部队数量，提高部队质量，主要是大力精简机构，改革不合理的编制体制，裁并重叠机构，压缩非战斗人员和保障部队。

在会议结束时，邓小平一针见血地指出：

> 我们存在的一个最大问题，就是军队很臃肿。真正打起仗来，不要说指挥作战，就是疏散也不容易。
>
> 我们国家现在支付的军费相当大，这不利于国家建设；军队人员过多，也妨碍军队装备的现代化。减少军队人员，把省下来的钱用于更新装备，这是我们的方针。

军队要整顿

……

三大总部为什么机构这样大？过去，每提出一项新的任务都要增加机构，增加人员，从来没有说要减少人员。大家对公文履行、解决问题慢意见很多，这些也都和体制问题有关。

听了邓小平的讲话，与会的全体同志明确了这样一个思路，把精简整编和改革军队体制问题联系起来考虑，这就为军队"消肿"明确了方向。

二、 论证精简整编方案

● 邓小平对此进行了深入思考，最终认为：军队精简整编一定要用革命的办法，用改良的办法根本不行。

● 邓小平话锋一转："我说有个缺陷，就是80来岁的人来检阅部队，本身就是个缺陷……"

● 邓小平伸出一个手指头，严肃地提出了再裁减军队员额100万，把军队总定额减到300万的设想。

体制编制改革拉开大幕

1980 年 3 月，中央军委召开常委扩大会议，集中讨论军队精简整编问题。

在这次会上，邓小平再一次强调，军队要提高战斗力，提高工作效率，不"消肿"不行。

这次会议提出，要在 1977 年军队精简的基础上，大力精简机关，压缩非战斗人员和保障部队。

根据这次军委会议精神，总参谋部有关业务部门组织力量，做了大量的调查研究和论证工作，拟制全军精简整编方案。

7 月，中央军委通过了这一方案，并提出要求：

从 1980 年第四季度开始全军进行精简整编，力争至 1981 年基本完成，1982 年扫尾。

当时，军委的决心很大，邓小平同志严肃地指出：

谁不执行，就把头头调开。

总参谋部也向各大单位打了招呼，要求保证完成精简任务，不能有丝毫折扣。

这次精简吸取以往减了又增的教训，总参特别作了规定：

> 加强对编制的集中统一管理，全军总定额
> 要稳定在精简的规定数额内，不能突破，为下
> 一步把体制编制搞得更科学、更精干打好基础。

精简整编全面展开后，为督促检查全军进展情况，总参组织了大批人员到军区、舰队、军区空军、二炮基地等单位进行调查研究，广泛听取意见。

意见被整理之后，总参谋部在此基础上，拟制了集团军编制方案，将部分野战师由满员师改为简编师。

将担负内卫执勤任务的部队移交公安部门。

撤销了基建工程兵，其所属部队按系统对口集体转业到地方。

同时，还研究了总部机关体制改革问题。

这次精简虽然裁减了一些人员，但因为涉及军队体制编制上的一些重大问题，而且由于执行者缺乏经验，加上各方面的条件不够成熟，认识上没有完全统一起来，所以，这次精简整编主要是减人，对体制编制未作大的变动。

邓小平对此进行了深入思考，最终认为：

> 军队精简整编一定要用革命的办法，用改

良的办法根本不行。

1981 年 10 月，党中央针对我国当时党政军普遍存在机构臃肿的问题，作出重大决定：

机关体制必须改革，要采取革命的办法，不能采取改良的办法。

根据这个决定，中央军委决定在上次精简整编基础上，进一步进行总部机关的体制改革，并提出，"要拆庙，要搬菩萨，要减人"。

于是决定从军委、总部机关开始，将军委炮兵、装甲兵、工程兵机关缩编、降格，合并到总参谋部，作为一个直属业务部门，分别称为总参炮兵部、总参装甲兵部、总参工程兵部。

10 月 20 日，在总参党委会议上，总参谋部主要领导传达了党中央和中央军委关于改革体制、精简机关的指示精神，其中包括对军队体制编制调整的一些设想。

会议特别传达了邓小平关于"军队精简整编一定要用革命的办法，用改良的办法根本行不通"的重要指示精神。

为此，中央军委交代了一个原则，三总部机关要精简 15% 至 20%。

为了搞好总参的精简整编，成立了总参机关精简整编领导小组，何正文任组长，迟浩田任副组长。

这样，军队体制编制改革拉开了大幕。

1981年11月，总参党委召开专门会议，遵照邓小平关于炮兵、装甲兵、工程兵由兵种改为总参业务部的指示，研究了具体调整方案。

这项举措使全军上下都感到了改革的震动。时任副总参谋长的张震后来回忆说：

> 我感到，这次精简整编不同以往，突出了体制改革，动作要大得多，改革的力度也大得多。

为了加强对这项工作的领导，经军委批准，成立了军委体制改革、精简整编领导小组，杨得志任组长，杨勇、梁必业、洪学智为副组长，组员有何正文、陈彬、傅继泽、何廷一、刘震等。

1982年2月，三总部成立了兵种整编小组，并派出工作组，帮助炮兵、装甲兵、工程兵进行整编。

这是一项十分艰巨的工作。炮兵、装甲兵和工程兵三个兵种成立30多年来，为我军建设做出了很大贡献。摊子大，干部多，特别是老同志多。现在要降格、合并，有大量的思想和组织工作要做。

张震与参加三总部工作组的总政朱云谦副主任、总后胥光义副部长一起研究整编工作的具体部署。大家一

论证精简整编方案

致认为，这是一项重大的改革措施，牵涉面宽，又是全军大单位改革的先行，对全军体制改革影响甚大，必须坚决执行军委指示，但具体工作要做细，步子要稳妥，使编外的愉快，编内的安心。

他们同时建议，在军委办公会议领导下，由张震和朱云谦、何正文、胥光义、陈彬组成一个小组，负责研究三个兵种整编中的具体问题。这一意见，得到了军委的批准。

为了把工作做细，他们多次同炮兵司令员宋承志、政治委员金如柏、装甲兵司令员黄新廷、政治委员莫文骅，工程兵司令员谭善和、政治委员王六生等同志谈心，有的还不止谈一次，充分听取他们的意见。

他们也专门听取三个兵种中一些副职领导的意见，召开机关干部座谈会，共商改为总参业务部后的任务、体制、编制和机构设置等问题，一起研究领导班子配备和超编干部管理的意见。

按照最初的设想，三个兵种部定为兵团级。下一步将实行军衔制，准备取消兵团这一级，为了与之相协调，最后确定三个兵种都为正军级。

经过几个月的工作，各方面的意见取得了一致后，具体方案呈报军委。

制订军委、总部的精简整编方案，虽然总参听取了各方面的意见，方案也经过反复讨论，实现了一个精简18.2%的目标，但方案上送后，几个总参领导感到与邓小平的要求还是有一定的距离。

1982 年 3 月 22 日，邓小平亲笔批示：

> 这个方案不是比较令人满意的方案，但可作为第一步，立即进行。这一步完成后，再研究进一步方案。

总参党委又进行了反复研究，最后确定军委、总机关精简 21.7%。这一调整意见上报后，邓小平立即示同意按这个意见办。

为了使这个方案得到贯彻，1982 年 7 月，邓小平中央军委座谈会上说：

> 军队目前的体制、领导方法、制度，不是那么好的，很烦琐。领导太繁杂，都是些麻烦事情。
>
> 过去打仗的时候，负领导责任的，一个野战军几个人，一个兵团几个人，一个军几个人，一个师几个人，有的师还是师长兼政委，有个副政委，搞得蛮好。
>
> 一野、三野的司令员和政委都是一个人，彭老总、陈老总，其他野战军都是两个，方便得很嘛！
>
> 现在是一大堆人。体制搞好了，更容易解

论证精简整编方案

决问题。

经过上下将近一年的努力，完成了军队体制改革、精简整编的方案。

1982 年 9 月报请军委批准，正式颁发实行。

按照军委的要求，这次体制改革、精简整编的任务于 1983 年上半年基本完成。

1982 年的这次精简，虽然总参谋部在军队总定额以外留了机动数，但在整编完成后不到一个月，就出现反复，有的单位要求增加的人数比原减的人数还多。

这样的结果使军委领导们深深感到，军队精简绝不是一蹴而就的，还需要加大改革力度，从根本上转变。一次更大的裁军行动开始酝酿。

邓小平提出裁军一百万

1984 年 11 月 1 日，中央军委召开有关军种和大军区的司令员、政治委员参加的军委座谈会。

邓小平在这次会议上，发表了将近 90 分钟的讲话。邓小平的开场白是一句设问："从哪里讲起呢?"

邓小平用力地吸了一口香烟，接着说：

> 还是从这次国庆阅兵讲起吧。我不是讲这次阅兵如何，这次阅兵是不错的，国际国内反映都很好。

1984 年国庆阅兵，是中国人民自 1959 年国庆节以来 25 年间，第一次公开展示自己的武装力量。

它的巨大成功令全国人民欢欣鼓舞，引起世界舆论的广泛关注。中国人民解放军这支武装力量，再次成为世界瞩目的焦点。

在军委座谈会上，邓小平提起这次刚刚过去不到一个月的大阅兵，在座的高级将领都在揣摩这位睿智领袖的意图。

邓小平话锋一转：

> 我说有个缺陷，就是80来岁的人来检阅部队，本身就是个缺陷……

话语一针见血，直指军队高层领导老化这个极其重要而又十分敏感的问题。

从这一点说开去，邓小平阐述了军队进行体制改革和进一步实行精简整编的必要性：

> 仗打不起来这个话，我们多次讲过。过去讲10年，现在过了几年，还可以说10年。
>
> 即使战争爆发，我们也要消"肿"。"肿"，就是表现在我们指挥战争的能力不高。
>
> ……
>
> 一个从节省开支看，一个从军队本身提高素质看，都必须消"肿"。
>
> 就是战争比较早地到来，也得消"肿"。不消"肿"就不能应付战争。

邓小平从国家建设的大局，讲了军队建设的问题。他说道：

> 国家实行改革开放政策以来，集中力量搞好经济建设，是全党、全军和全国人民的中心任务，现在，国家确实是生气勃勃，一片兴旺。

现在需要的是全国党政军民一心一意地服从国家建设这个大局，照顾这个大局。

　　这个问题，我们军队有自己的责任，不能妨碍这个大局，要紧密地配合这个大局，而且要在这个大局下行动。

　　军队各个方面都和国家建设有关系，都要考虑如何支援和积极参加国家建设。无论空军也好，海军也好，国防科工委也好，都应该考虑腾出力量来支援国民经济的发展。

　　大局好起来了，国力大大增强了，再搞一点原子弹、导弹，更新一些装备，空中的也好，海上的也好，陆上的也好，到那个时候就容易了。

针对军队的规模问题，他说：

　　像我们这样大的一支军队，除了苏、美以外，其他国家都养不起，法国、西德都养不起。西德面对苏联导弹，而且首先是在它那个当面，它只有四五十万军队。法国的导弹、原子弹比我们还多一点，也只有50多万军队。

消"肿"，势在必行，该从哪里入手呢？

就像战争年代指挥作战选择突破口一样，邓小平明

论证精简整编方案

确指出：

"肿"主要不是"肿"在作战部队，而是"肿"在总部、军、兵种和大军区等各级领导机构。

如果真正打起仗来，像我们现在这种臃肿状态的高层领导机构，根本不可能搞好指挥。我们在战火中生活几十年，打仗靠指挥灵便，现在有什么灵便啊？

邓小平生动而形象地说：

虚胖子怎能打仗？大力士、拳击运动员不一样，他们身体很重，但是不虚，虚是不能进行拳击的。

在进行全面分析之后，邓小平伸出一个手指头，严肃地提出了再裁减军队员额 100 万，把军队总定额减到 300 万的设想。他说：

减到 300 万，一是必要，二是没有风险。
300 万足够应付意外的事件。多了，实际上是增加了吃闲饭的人，实在不需要。

精简整编是个很复杂的事情，涉及方方面面的问题。邓小平意味深长地说：

> 这是个得罪人的事情哪！我来得罪吧，不把这个矛盾交给新的军委主席。

邓小平的这个决定，使在场的所有人都感到震惊。

当时的总参谋长杨得志听说后，他评价这个决策是个"具有伟大气魄的决策"。

论证精简整编方案

总参谋部制定精简整编方案

1984年，在进一步酝酿中央军委精简整编方案时，邓小平提出全军员额再精简100万。

根据这一决策，总参谋部重新认识了体改和精简的意义，认识到这一革命性的决定，是军队实现现代化的必经之路。

总参谋部党委经过充分研究后，责成总参军务部组织力量，从1984年上半年开始，对全军体制改革、精简整编进行深入的调查研究，综合论证，征求各方面的意见，进行前期的准备工作。

到1984年9月下旬，完成了方案的第一稿。

11月，军委召开座谈会。

在会上，总参谋长杨得志对精简100万的方案提出了初步设想，请各大单位对方案展开评论。

到会同志经过座谈讨论基本赞成这个设想，但也提出很多意见。会后，总参谋部做了大量工作，为修改、完善方案就开了42次党委会，14次专题会。

经过反复论证，多方协商，屡经修改，1985年下半年，完成了《军队改革体制精简整编方案》。

这次精简整编，指导思想明确，改革的步子迈得比较大，采取的主要方法是"撤、并、降、交、改、理"

方针。

"撤"，就是成建制地撤部队，包括撤军、撤师等。

"并"，就是合并机构，如大军区合并、院校合并。

"降"，就是降低有些单位的机构等级和压缩其规模，如兵团级、军级机构压为军级、师级。

"交"，就是将部分属于政府职能的机关部队，如县、市人民武装部和内卫部队等交给国家和地方政府有关部门。

"改"，就是对有些保障单位实行企业化管理，部分干部职务改用士官和士兵等。

"理"，就是调整理顺各方面的关系。

按照中央军委部署，百万大裁军从1985年下半年开始，依照先机关，后部队、院校和保障单位的顺序，自上而下地组织实施。

百万大裁军的主要内容有：

1. 精简机关，减少层次，机关人员精简40%左右。

将独立的炮兵、装甲兵、工程兵等兵种总部撤销。其领导职责改由总参谋部炮兵部、装甲兵部和工程兵部行使。军队的国防科学技术委员会和科技装备委员会同国务院国防工业办公室合并为国防科学技术委员会。

三总部机关精简的人员比较多，机关处以

论证精简整编方案

上机构减少了将近 1/6。总参谋部机关减少人员 60%，总政治部机关减少人员 30.4%，总后勤部机关减少人员 52%。

2. 裁减部队。

将原来的 11 个大军区合并减少为 7 个大军区。保留北京、沈阳、济南、兰州、成都、广州、南京军区。撤并武汉、昆明、福州、新疆 4 个军区。同时减少军级单位 31 个，师团级单位 4054 个。

海军和空军淘汰了陈旧落后的飞机和舰艇，相应减少了人员。一些担任内卫、执勤任务的部队移交公安部门，改为人民武装警察部队。2592 个县和相当于县的市人民武装部划归地方建制，工作人员改为地方干部，任务不变，实行地方和军队双重领导。

3. 减少军官数量。

在确定实行义务兵和志愿兵相结合的服役制度后，军队中原先由军官担任的行政管理、技术领导等 76 种职务，改由军士长担任。其中包括连队的司务长、电影队长及电台台长、各类修理技师等。这次精简，为减少军官数量，还减少了各级副职，使指挥系统更加精干。

4. 提高合成程度。

较大幅度地调整各兵种的编成比例，加强

特种兵部队，凡保留下来的陆军全部整编为合成集团军。装甲兵的全部，炮兵、高炮部队的大部分及部分野战工兵部队，编入陆军集团军序列，同时开始建立一些新的技术部队，大大提高了现代条件下的合成训练和作战能力。

整编后的集团军增加了特种兵的比重，构成了以装甲兵、步兵组成的地面突击力量；以炮兵、防空兵、陆军航空兵组成的火力支援力量；以侦察兵、通信兵、工程兵、防化兵、气象兵和电子对抗专业部队组成的作战保障力量；以运输、修理、输油管线、卫生、军需、器材等专业部队组成的后勤保障力量。

人民解放军陆军中的特种兵数量第一次超过了步兵数量，从而成为陆军的主要作战力量。这一兵种结构的重大变化，大大增强了陆军集团军的火力、突击力、机动力、防护力和快速反应能力，整体作战能力显著提高，标志着人民解放军现代化、正规化建设进入了一个崭新的阶段。

在全军员额减少的情况下，中央军委仍决定恢复总参谋部第四部，增加电子对抗部队的编制。

截至20世纪80年代后期，人民解放军已在总部和各主要战略区先后组建了若干个电子对抗团、营。海、空军的电子对抗部队也有相应的发展。

5. 调整军队院校体制编制。

全军院校数量精简12%，人员减少20%多。全军指挥院校实行指挥军官初、中、高级三级培训体制。

初级指挥院校按中专、大专、本科三个层次培养各军兵种初级指挥员。

中级指挥院校的教学、培训任务进行了调整，变更了称谓，即由"高级××学校"，改为"××学院"；组建了后勤指挥学院。军事学院、政治学院、后勤学院合并为国防大学。

6. 已经组建的预备役师、团正式列入人民解放军的建制序列，并授予番号和军旗。形成了常备军与后备力量相结合的新体制，解决了平时少养兵、战时多出兵这一重大问题。

7. 结合精简整编，按照革命化、年轻化、知识化、专业化的方针调整配备领导班子，一批德才兼备、年富力强的干部走上岗位，使部队领导班子的年龄、知识结构得到改善……

8. 有计划有步骤地妥善安置60余万干部退出现役，转业到地方工作或离休、退休，加强国家建设力量。

对这个方案，党中央、中央军委都比较满意，邓小平也作了充分肯定。他说：

> 精简 100 万，是一件好事，不是消极的，是积极的，军队的组织机构精干了，工作效率提高了，战斗力加强了。

在 1985 年 5 月底召开的军委扩大会议上，这一方案得以顺利通过。

邓小平正式对外宣布：

> 中国政府决定，中国人民解放军减少员额 100 万。

1985 年 6 月 8 日，中共中央、国务院、中央军委发出通知，要求支持军队体制改革、精简整编。

1985 年 7 月 27 日，中共中央、国务院再次发出通知，指出：

> 完成军队精简整编任务，把人民解放军进一步建设成为一支机构精干、装备精良、训练有素、战斗力很强的现代化、正规化的革命军队，不仅是军队同志的责任，也是全党、全国各族人民共同的责任。

论证精简整编方案

在这次精简整编中，地方各级政府和各族人民群众克服困难，挖掘潜力，努力做好军队离退休干部和退伍战士的安置工作。对于军队转业干部，各地热情欢迎，积极接收，认真培训，合理使用，使他们成为国家经济建设的一支重要力量。

百万大裁军到1987年初基本完成。

1987年4月4日，在全国人大六届五次全会举行的中外记者招待会上，中国人民解放军副总参谋长徐信向中外记者宣布：

中国人民解放军精简整编的任务已基本完成。裁减员额100万后，军队的总定额为300万人。

大裁军令世界反响强烈

1985 年 6 月 10 日，新华社向全世界宣布，我国政府决定军队员额减少 100 万。这个决定在世界上引起强烈反响。

裁军在国际上和在中国国内都不是新题目。从第二次世界大战的经验和灾难中诞生的联合国，从一开始就把裁军列为最高目标和基本口号之一。

随着人类社会的进步与发展，整个国际社会都承认，裁军是当代人类安全与幸福的一个必不可少的条件。从 1945 年以来，各种形式的裁军谈判和会议，五花八门的裁军方案和机构令人们眼花缭乱。人人都喊裁军喊了 40 年，结果却是**越裁越多**，军备竞赛愈演愈烈。

在超级大国那里，裁军成为一种政治把戏和掩盖军备竞赛的烟幕，整个世界都不由自主地滑向危险的深潭。

1962 年 2 月 28 日，联合国 10 人专家小组报告：

论证精简整编方案

当时全世界用于军事的款项"等于全世界全部物资和劳务年产量的大约百分之八九"；它至少是所有不发达国家全部国民收入的三分之二。它接近于全世界每年输出的全部商品的价值，相当于世界每年留作资本形成总量的全部资源的二分之一。

而且，事情还在向恶劣的方向发展。

专家小组作出上述估测时全世界军事费用为 1200 亿美元。到 1969 年，这个数字已经是 2000 亿美元，到了 1980 年则翻了两倍半，达到 5000 亿美元，1985 年又翻了两倍，接近 1 万亿美元。

世界上大量的物质资源和人类的创造力，被应用到毁灭性而不是创造性的目的。

尽管大多数国家都口头上再三保证不这样做，但是，每次随着更加复杂的新武器的出现，世界都会变得更加不安全，这给人类社会造成一种深远的极不安定的影响。

中国政府一直主张裁减军队，反对军备竞赛。我国的社会主义性质和国情，决定了我国对此必定怀有诚意。

经过全国解放战争，人民解放军发展到 550 万人。

1950 年 4 月，为恢复国民经济，中央决定复员 150 万人，将军队规模压缩到 400 万人。经过几个月努力，复员转业了 94 万人。

后来，由于抗美援朝战争爆发，国家安全受到严重威胁，军队员额至 1952 年 1 月达到 627 万人。

当年，朝鲜战场趋于稳定，中央军委决定再次大规模精简军队，到 10 月底，共裁减 19 个军、73 个师近 200 万人。

此后，又经过 1954 至 1955 年、1956 至 1958 年两次

精简，到 1958 年底军队规模为 240 万人左右，这是新中国成立后人民解放军人数最少的时期。

20 世纪 50 年代末期之后，由于台湾海峡局势紧张、中印边境作战，特别是中苏关系恶化之后面临苏联强大军事压力，以及进行国防工程建设等原因，军队员额大幅度上升，至 20 世纪 70 年代最多时达 600 多万人。

1975 年以后，人民解放军进行了多次精简。

根据第三次全国人口普查公布的数字，1982 年，人民解放军现役军人已减为 420 万人。

而我国 1985 年的百万大裁军，发生在南疆的自卫反击战硝烟未散，发生在全党整顿党风根本好转而尚未实现的关口，发生在整个国家经济、政治生活大刀阔斧改革创新、各种事物新旧更替的背景下，其中遇到的困难，不是常人所能想象得到的，这就更体现了我国裁军的诚意和魄力。

对此，德意志联邦共和国《波恩评论报》说：

> 大家都在谈裁军。可是迄今为止只有中国人言行一致。

巴基斯坦《黎明报》评论道：

> 中国裁减军队 100 万的决定将会受到全世界欢迎。它确实是一次单方行动。这与其他国

论证精简整编方案

家一方面连篇累牍地发表军备竞赛如何如何坏的慷慨激昂的废话，另一方面继续加紧生产武器，甚至拼命地部署人员和武器的情况形成鲜明的对照。

裁军 100 万，表明中国政府不仅有裁军的诚意，也有裁军的决心。

三、 撤并铁道兵

● 几位主要领导围着茶几坐在沙发上，一根接一根地抽着烟。话题如此沉重，压得贵宾室里的烟雾久久弥漫不散。

● 大家发言时，陈再道不时站起来，在会议室里来回踱步。

● 远在千里之外的新娘在亲人邻友的陪伴下，在同一时刻面对当空皓月，朝北深深地鞠躬，遥祝自己的爱人在引滦工地为人民造福立功。

铁道兵拟写整编报告

1980 年 1 月 4 日下午，北京火车站贵宾室里来了几个穿军装的人。他们神情严肃，步履稳健，似乎在为什么重大的问题进行沉重的思考。

这几个人是刘建章、吕正操、刘居英、尚志功和陈再道等，是铁道部和铁道兵的主要领导，到这里讨论铁道兵和铁道部基建队伍合并的问题。

早在铁道兵成为一个兵种之前，关于铁道兵部队体制归属问题就出现过一次不大不小的波澜。

1950 年 5 月 26 日，铁道兵的前身铁道兵团在北京召开党委扩大会议。兵团司令员兼政委滕代远在会上传达了中央财委 4 月 22 日向政务院、中央军委提出的将铁道兵团改为工程部队，实行企业化的建议。

经与会同志讨论，从巩固国防加强战备出发，一致认为，兵团仍应保留并需加强。为减少军费开支和适应全军整编的要求，部队可以缩编，保存主力和技术骨干，以防必要时迅速扩编，适应战争需要。

在会后，兵团党委即向军委建议，保留兵团番号，部队缩编为三个师和两个直属团，仍归军委建制；工程业务和军费供应由铁道部负责，其他工作统归军委各有关部门领导。

6 月 10 日，军委批准了这个报告。

1950 年 9 月 18 日，中央人民政府人民革命军事委员会颁发了毛泽东签署的通令：

> 为健全铁道兵团的组织领导，走向正规化的建设，成为现代国家兵种之一，确定该兵团为军委建制，加强各部门的领导。

通令明确规定，工程业务及经费由铁道部直接领导和负责，医药、服装、办公等经费由总后办理，铁道部按预算支付经费。其他有关各业务部门的工作均与其他军委直属部队相同，建立领导关系。

那时铁道兵在体制归属上，就已经不可避免地存在着与军委、铁道部的双重关系，也就是后来所说的"两张皮"问题。

当时，根据朝鲜战争的形势，朱德指示：

> 铁道兵要整编，但不能缩小。

1954 年 3 月 5 日，根据军委 1953 年 9 月 9 日电令，中国人民解放军铁道兵正式成立。

铁道兵成立以后，有的同志又屡次提出铁道兵与铁道部工程局合并，即工改兵，由国务院、中央军委双重领导的设想。

撤开铁道兵

1966 年春，经毛泽东批准，政治局上海会议通过了铁路工程局改为铁道兵的决议，但随着形势变化，未能实施。

1975 年，在军队裁员的背景下，中央军委决定铁道兵只保留 14 万人，如果这一决定实行，将是铁道兵历史上最大的一次压减。这时，铁道兵又重提合并问题，并就此给军委领导写了专题报告，提出了两个方案。

总参谋部根据叶剑英的批示，约请国务院有关部委商讨此事，原则同意提出的第二方案，一致意见是：

> 保留铁道兵，由国务院、中央军委双重领导。其人员不计入军队定额，经费全部由国家工程费支付。
>
> 党政工作、干部管理、军事行政、补兵退伍和正常后勤供应等由总参、总政、总后分别负责；工程技术业务受铁道部指导，工程计划、机械装备、材料、财务等均由铁道部统一归口。团以上部队调动报国务院、中央军委审批。

但是，1975 年 12 月 23 日和 24 日，铁道兵党委讨论这个问题时，绝大多数同志不同意合并，不同意归入铁道部。后来，由于各种原因，军委关于大量裁减铁道兵定员的决定没有实现，合并又一次搁浅。

1979 年，铁道兵开始独立核算，自负盈亏，经费自给。

部队一些指战员有情绪，认为当铁道兵不光荣，军不军，民不民。但是，为了适应形势和任务的需要，经中央军委批准决定，这一年，铁道兵进行了充实性整编。在原有基础上增加了4万人定额，增编了一个军级指挥部和一些直属专业部队。将师属团由原来的综合团改为桥梁、隧道和线路专业团。

这种"欣欣向荣"的景象，使许多人"铁道兵恐怕保不住"的念头趋于淡化。

1979年，全军裁减已经势不可当，在这样的背景下，一直处于双重领导下的铁道兵就显得岌岌可危。如果裁减，是压缩兵员还是就此与铁道部合并呢？

为此，铁道部和铁道兵的主要领导来到北京火车站专门商讨这个问题。

几位主要领导围着茶几坐在沙发上，一根接一根地抽着烟。话题如此沉重，压得贵宾室里的烟雾久久弥漫不散。

铁道兵司令员陈再道发现副司令员郭维城没有参加，放下快到嘴边的香烟问："郭维城怎么没有来？"

有人回答说："通知了，但郭维城说他有事，参加不了。"

陈再道皱着眉头抽了一口烟，又和大家继续讨论。

在会上，铁道兵何去何从，是撤还是合，成了人们最不愿意讨论又不得不讨论的问题。

撤并铁道兵

铁道兵是一支具有光荣历史的部队，为共和国的成立和建设立下了赫赫战功。

但是，新时期新条件下，这支部队要为国家的发展让路，在感情上谁都有些割舍不下。

经过讨论，人们一致认为，铁道兵和铁道部工程局合并，从业务、技术、经费上统划铁道部领导，铁道兵仍保持军队序列，属人民解放军的一个兵种，是可行的。

陈再道、吕正操、郭维城、刘建章 4 个人拟写了一个报告，报送国务院、中央军委。

邓小平批示：

原则同意。

军委决定铁道兵裁减十七万

1980 年下半年，继 1977 年裁军之后，人民解放军再次裁军。

中央军委决定，铁道兵裁减兵员 17 万，撤销三个军级指挥部，减少三个师的建制，保留的师也由五团制改为四团制，各级机关也相应进行了压缩。

这是铁道兵历史上最大的一次压减。

虽然部队被裁减，但铁道兵的领导们心里却感到踏实了一些。因为既然只是裁减，那么铁道兵与铁道部合并似乎就又成了相当遥远的事情。

为了稳定部队的情绪，1980 年整编以后，铁道兵司令员陈再道多次在各种会议上对人们讲："大家要安心工作。说铁道兵要撤销，没有的事。"

1981 年 10 月 30 日，军委副主席杨尚昆在驻京部队军以上干部会议上，传达了邓小平关于部队大量精简的指示。

铁道兵军以上干部在讨论中一致认为，根据铁道兵战时和平时担负的任务，铁道兵应予保留，但是要减人，特别是机关和保障分队，要大量精简。具体方案是：

将铁路工程局与铁道兵合并。

撤并铁道兵

对此，铁道兵党委就讨论情况给中央军委的报告指出，这个方案陈再道、吕正操、郭维城、刘建章4个人曾于1980年1月19日，向中央、国务院、中央军委写过报告，并经邓小平签批，原则同意。但由于当时条件还不成熟，未能执行。

随着形势的发展，条件成熟，势在必行。鉴于铁道兵在国内外都有影响，两支队伍合并后，仍称军委铁道兵，属军队序列，但不占定额，独立核算，自负盈亏，不吃军费。

执行军队条令、条例和供应标准，军需供给、干部任免、征兵退伍等仍按原方式不变，对口实行。

干部转业根据本人自愿，大部分分配到铁路系统，铁道部不再接收其他部队转业干部，各工程局的职工待遇不变，干部按原规定或委托铁道兵任免，铁道兵执行工程任务接受铁道部领导，其费用由铁道建设费开支，国家计划列为铁道部一个户头。

陈再道"传达"上级指示

1982年1月30日，正月初六，星期六。虽然春节已过，但是北京城里还有不少单位的大门口依然张灯结彩，从一些胡同街角，还不时传出零星的爆竹声响。

这天上午，为了进一步学习邓小平关于体制改革的讲话，研究部队当前的情况，铁道兵司令员陈再道召集在京的铁道兵领导、顾问开会。

9时，会议开始。大家谈到节日期间的所见所闻。有的听地方来拜年的同志说，铁道兵要与军委脱钩，要脱下军装；有的听下面部队反映，说要与基建工程兵合并；有的听总部机关和兄弟军兵种的同志说，铁道兵这次恐怕保不住……

虽然众说纷纭，但有一点似乎是一致的：铁道兵不外乎转、撤、并。但是，所有这些，在当时都是道听途说。

陈再道听了这些话，感到有些担心，这样的事情怎么能听风就是雨呢！因此，他用一种不相信的口吻对大家说："不要瞎传，要安心工作，稳定部队，不要轻信小道消息。体制变动这么大的事，如果真变，总会给我们一二把手打个招呼嘛！我们一定要按照中央和军委的指示办，不能有点风吹草动就瞎起哄。"

撤并铁道兵

话虽然这么说，但是听到大家说得活灵活现，有鼻子有眼，陈再道心里也有些担心，毕竟，自己是这支部队的主官。

第二天，陈再道前往总参谋长杨得志的住地，正遇上他送一位客人出来。杨得志看到陈再道，仿佛知道他来的目的，抬手就请陈再道进了办公室。

当他们一起走进办公室后，陈再道直截了当地问："大家都传铁道兵这回要脱下军装，和军队脱钩，有没有这回事？"

杨得志若有所思，略顿片刻，点了点头说："是的。"接着，杨得志简单地给陈再道讲了一下情况。

听完情况后，陈再道内心很不平静。作为铁道兵的司令员，自己的部队要集体转业脱下军装，从此与相伴了几十年的军旗说告别，他心里非常不是滋味。对于自己的前途，陈再道并不关心，作为党员，一切听从党的安排，但是10多万人该如何安排呢？

1982年2月1日上午，铁道兵党委召开常委会，继续1月30日会议的议程。

在会上，人们还在说那些"小道消息"。陈再道坐在椅子上心中开了锅。他一直在考虑，要不要把确实的情况告诉大家呢？告诉，但是上级并没有正式通知，具体要求也不知道；不告诉，看见这么多高级干部坐在这里被"小道消息"搅得不安宁，心里实在难受。

大家发言时，陈再道不时站起来，在会议室里来回踱步。直到会议快结束时，他终于下定决心，不全透，透一点。

于是，陈再道在总结发言时说："有的话我也不敢讲，因为还没有找我们谈。"

听到这句话，在场的人全愣住了。正在专心记录的蓝庭辉副司令员抬起头，凝视着陈再道。好几位同志面面相觑，大家听出了话中的意思。

接下来的两天，陈再道一直陷入沉思。摆在面前的问题，绝不是个人下一步怎么安排的问题。

1980年12月，陈再道给中央、军委领导同志写了报告，要求退下来，让年富力强的同志担当重任。一年来，他多次询问，答复只是一个：

中央有统筹考虑。

对于陈再道来说，个人问题很简单，服从组织，遵守纪律。但是怎样稳定？怎样保证在大变革中圆满完成任务呢？

面对这些问题，他考虑应当先从稳定上层领导这"一班人"做起，把情况说给常委们，集中大家的智慧。

撤并铁道兵

铁道兵党委坚决执行军委决定

1982 年 2 月 4 日上午，陈再道再次召开铁道兵党委常委会，除吕正操政委在外地休息以外，有铁道兵党委常委委员及其他领导同志 15 人参加。

会议一开始，陈再道就对大家说："小平同志最近已经拍板，铁道兵、基建工程兵与军队脱钩，脱军装，基建工程兵撤销，铁道兵并入铁道部。"

话说完后，陈再道急切地看着人们的反应，他真担心会场会一下子炸开了锅。

但是，会场上出现了一阵短短的静默。尽管大家早已从别的渠道知道这个消息了，但是，这一次毕竟是第一次正式确认，所以大家仍然感到震惊。

这种静默反倒使陈再道不知道该说什么好。沉默了一会儿，陈再道说了一句，"今天主要听听大家的意见"，便结束了发言。

抽烟的同志早就拿出香烟一根接一根地抽，不抽烟的同志也有的要了一根烟凑到鼻子上闻。人们你看看我，我看看你，仿佛要把对方最后的印象刻在心里。也有的人在纸上飞速地写着什么，准备着发言。每个人都在思索、体会。

一阵沉闷之后，同志们一个接一个发表了自己的意见。偶尔有人相互低头耳语，但整个会场气氛出人意料地平静。

会议开了一整天，常委和其他领导同志都发了言，同志们都很冷静。一位副政委说这是自讨论体制改革以来，开得最好的一次会。

会议决定了三条：

第一条，党委委员们个人的安排，是党考虑的事情，我们无条件服从组织，叫干叫退，都不讲二话。

第二条，铁道兵的体制问题，只要中央、军委正式决定了，党委就坚决执行。要切实落实邓小平关于体制改革的指示精神。

当前，要一如既往地抓好稳定部队的工作，抓好施工任务的完成，特别是克石线、引滦入津工程等国家重点建设项目，绝不能有丝毫放松。

第三条，建议司令员、政委集中常委"一班人"和铁道兵大多数同志的意见，就铁道兵体制改革问题向军委邓主席作一个详细的汇报。

这三条意见拿出后，陈再道既感动又为难。感动的是，到底是久经考验的老部队，在大局面前能站稳立场；可为难的，就是这第三条。

战争年代，陈再道长期在刘伯承、邓小平同志直接领导下工作。他很清楚，邓小平有一个特点，考虑问题时，总是要深思熟虑，一旦下了决心，则绝不动摇。

所以陈再道想，邓小平既然已经拍板，那就说明他已对这个问题胸有成竹，下了决心。汇报不汇报，事情不会有什么更改。

但是从一级组织来看，在服从上级的前提下，有什么看法，就应光明正大地提出来，这不仅在党的纪律上是允许的，而且也是下级向上级负责的表现。从这点上讲，同志们也没有错。

于是，陈再道决定向邓小平作一次详细的汇报，把同志们的思想状况向军委汇报一下。

军委决定撤销铁道兵建制

1982 年 2 月 16 日，铁道兵司令员陈再道接到通知，第二天张震副总参谋长将约他谈话，主要内容是关于铁道兵体制变动问题。陈再道建议请吕正操、旷伏兆两位政委也参加。

第二天上午，张震副总长代表军委、总部向陈再道等人传达了关于铁道兵并入铁道部的决定。

陈再道他们汇报了铁道兵党委常委讨论的意见，并将以司令员、政委名义写给邓小平的报告，交张震转呈。

1982 年 3 月 25 日下午，军委杨尚昆秘书长召集陈再道和两位政委以及铁道部刘建章等开会，传达了邓小平的指示。

杨尚昆说："撤销铁道兵建制，已经决定了。铁道兵脱离军委，脱军装，合并到铁道部。我们把你们的意见向军委邓主席作了汇报。说到要求保留铁道兵时，邓主席说，撤销铁道兵已经定了，这没有二话可讲。当汇报到打起仗来还需要铁道兵时，邓主席说，打起仗来，铁道部都是铁道兵。当汇报到铁道兵、基建工程兵都是自负盈亏，不增加国家负担时，邓主席说，基建工程兵、铁道兵实行征兵制，增加农民负担。"

对于陈再道来说，这样的答复是意料之中的，铁道兵合并到铁道部这样大的事情，不可能因为一个报告就改变，所以显得很坦然。另外两个政委听了，心情也平静下来。

1982 年 4 月 9 日，国务院办公厅、中央军委办公厅下发通知：

> 中央、中央军委决定撤销铁道兵建制，把铁道兵并入铁道部。
>
> 为了做好交接工作，经国务院、中央军委批准，成立交接工作领导小组，由吕正操、陈再道、旷伏兆、刘建章、陈线如、邓存伦、何正文、朱云谦、范子瑜同志组成，吕正操为组长，陈再道、刘建章同志为副组长。

铁道兵、铁道部也分别组成了交接工作班子。铁道兵移交工作班子由蓝庭辉、李际祥、尚志功、席华亭、雷铁鸣等 5 位同志组成。

从此，铁道兵一个时期的工作重心便转入部署实施并入的阶段。

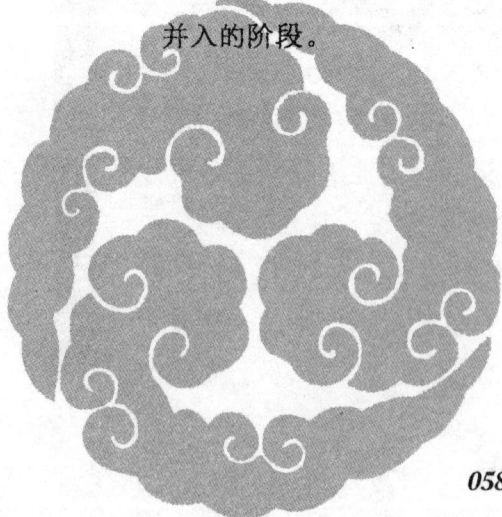

指战员惜别"八一"军旗

1982 年 5 月，铁道兵召开党委常委扩大会议，传达党中央、中央军委关于铁道兵并入铁道部的决定，研究部署并入的具体事宜。

会议中，各单位领导同志提出了一系列的具体问题，如定点落户、福利待遇、干部安置、战备任务等，所有这些问题，后来都得到了相应的解决。

为了更好地落实并入决定，顺利完成交接任务，党委做了大量富有成效的工作。

就在铁道兵党委们为部队的未来筹划时，铁道兵上下都沉浸在一种极为复杂的感情之中。

铁道兵组建 30 多年来，无论是在炮火纷飞的战场，还是在火热沸腾的工地，指战员们总是以人民子弟兵的光荣自豪感激励自己献身祖国，献身人民。

铁道兵在"八一"军旗下发展壮大，在克服各种艰难险阻中品尝胜利的欢悦。指战员们热爱军队，躯体里流淌着军人的热血。

现在，指战员们就要告别军旗，摘下鲜红的领章、帽徽，脱下那身使他们甘愿赴汤蹈火的绿军装，心里那种深深的失落感，那种难以驱除的沉重感，是局外人很难理解的。

撤并铁道兵

在即将撤编并入铁道部的那段日子里，指战员们用各种方式表达对军队的惜别之情。

铁道兵工程学院一些新入校的本科生，集体给铁道兵党委写信，要求保留军籍。他们中许多人，高考分数线足以被清华、北大录取，但是他们毅然选择了铁道兵工程学院，因为他们渴望成为志在四方、光荣豪迈的铁道兵战士。

在铁道兵机关，不知谁拿出了毛泽东题写的"铁道兵"三个字的巨幅手迹，摆在礼堂门前，一批批干部战士拥到这里，摄下自己一生中最有意义的纪念照。

在这当中，还有许多指战员给铁道兵党委写信，要求保留铁道兵。

广大指战员很清醒地认识到自己所肩负的历史重任，他们没有沉溺在伤感之中。

在共和国即将走向腾飞的时刻，在作为军人的最后岁月里，铁道兵部队再一次体现出顾全大局、遵守纪律、忘我牺牲的优良作风。

施工部队坚守最后岗位

当铁道兵即将并入铁道部的时候，部队正担负着 11 条铁路线及其他一些项目繁重的施工任务。虽然即将和军队告别，但指战员们依然用自己的行动默默书写着铁道兵历史上的最后一页。

1983 年 7 月 27 日，陈再道随同中央领导同志视察引滦入津工程。在工地上，陈再道听八师领导同志谈起了部队在施工中所涌现出的无数可歌可泣的事迹，这些事迹，让饱经风霜的陈再道热泪盈眶。

引滦入津的关键工程是长达 9690 米的穿山引水隧洞，铁道兵八师及十一师某团担负了其中 7210 米的开掘任务。

1982 年 3 月，部队开进工地，正是"小道消息"满天飞的时候，不久，并入的正式决定便下达了。

虽然部队就要撤编，但是部队上上下下立誓要打出铁道兵的威风，为军旗增添新的光辉。

素有"老虎团"之称的八师四十四团团长解少文，高烧 39 摄氏度，烧了一个月，但他坚持在掌子面上和战士们一块儿干了一个月。

这个团三营营长陈正金，身患风湿性疾病，可他每天带领部队沿着 12 号竖井的 517 级台阶，走向大山深处

撤并铁道兵

的掌子面。走一趟，等于爬一次 30 层的楼房，他每天要上下 4 趟，最多时上下 17 趟。他忍着病痛，始终如一，不到一年，体重掉了 12.5 公斤，近一米八的个子，体重只有 52.5 公斤。

后来，陈正金病倒在工地。他的妻子何正桂又戴上安全帽，扛着施工工具，走进了施工队伍的行列，走下了 517 级台阶，走过了曾经一个月塌方 62 次的 12 号竖井，为引滦入津流下了辛勤的汗水，也留下了一位铁道兵妻子对祖国人民的深情挚爱。

为了使天津人民早日用上清凉甘甜的滦河水，许多战士推迟婚期。工地上曾广为流传着一个"没有新娘的婚礼"的佳话。

战士许冠群婚期一推再推，为了参加引滦工程施工，他又一次放弃了休假结婚。可是家里的亲人们都盼着他早日完婚，因为按照当地习俗，他不结婚，下面的妹妹也不能结婚。婆家又急得厉害，怎么办？他和未婚妻商定，分两地如期举行婚礼。

那天晚上，在引滦工地，指战员们簇拥着新郎，新郎向着南方举杯，向新娘献上一位铁道兵战士赤诚火热的心。

远在千里之外的新娘在亲人邻友的陪伴下，在同一时刻面对当空皓月，朝北深深地鞠躬，遥祝自己的爱人在引滦工地为人民造福立功。

"婚礼"一结束，新郎便穿上工作服，踏着皑皑白雪，走上工地，走进了千米深的"洞房"。

当陈再道离开工地时，指战员们在引水隧洞出口处送行。将军和士兵依依惜别。人人心里都很清楚，或许，这将是最后一次穿着军装的经历了。

汽车发动了，指战员们向陈再道致军礼。

此时，陈再道发现，有几位同志手上还缠着绷带。他的眼睛湿润了，不顾汽车已经开动，打开车门，向这些无愧于我们人民军队的英雄战士们举手敬礼！

撤并铁道兵

铁道兵并入铁道部

1982 年 12 月 6 日，国务院、中央军委正式下达了关于铁道兵并入铁道部的决定，即 1982 年 35 号文件。

"决定"首先肯定了铁道兵组建以来所取得的成就和重大贡献，然后，就体制改革作出决定：

> 根据国民经济调整的方针和国家体制、军队体制改革的要求，为集中统一领导铁路建设施工力量，加速我国铁路建设，党中央决定将铁道兵机关、部队、院校等并入铁道部。

为了搞好并入移交工作，根据国务院、中央军委和三总部的指示，铁道兵分别成立了两个班子。一个是铁道兵指挥部，1984 年 1 月 1 日改名为铁道部工程指挥部，负责组织指挥铁道兵承担的全部施工任务和办理移交工作。

指挥部指挥由原铁道兵司令部参谋长尚志功担任，原铁道兵副政委李际祥任指挥部政委。姜培敏等任副指挥，刘秉顺为政治部主任。

另一个班子是铁道兵善后工作领导小组。由原铁道兵副司令员郭维城、彭海贵，原副政委郭延林以及梁其舟、孙兴发等同志组成。郭维城任组长，彭海贵、郭延林任副组长。领导小组负责处理铁道兵的善后工作和遗留问题。

1983年2月1日，两个班子正式运作。至此，铁道兵党委、机关完成了自己的历史使命。

在并入的最后阶段，铁道兵机关、部队始终保持稳定。部队的资金财产没有受到任何损失。乱分财物，随意提职提级等现象也没有发生。

1982年底，铁道兵部队党委经研究一致通过决定提拔或调整职务的200余名机关干部，都是为了适应并入工作需要和职务确实偏低的。后来的事实证明，党委所规定的调整条件大大严于全军统一的标准范围。

各项工程任务没有受到影响，铁道兵领导机关的稳定，铁道兵部队所做出的工作成绩，受到了上级有关部门、兄弟部队和地方人民群众的称赞。

铁道兵部队党委和全体指战员，可以问心无愧地向党报告，向祖国人民报告：

我们经受住了改革的考验，经受住了历史的考验！

1984年1月1日，所有移交并入铁道部的机关、部队和院校，都脱下了军装，降下了军旗。铁道兵指挥部正式改名为铁道部工程指挥部，各师均改为铁道部工

撤并铁道兵

程局。

铁道兵长期积累的近 30 亿固定资产和流动资金，绝大部分也随部队一并移交。

铁道兵善后领导小组在妥善安置了 2500 余名离退休干部，处理了许多历史遗留问题，整理编撰了大量铁道兵史料之后，于 1986 年 12 月底撤销。

铁道兵撤销时，许多部队举行了告别军旗仪式。

当军旗徐徐降落时，指战员们流着眼泪向军旗敬礼，向军旗告别，泣不成声，以至于驻地附近的地方干部和群众也被感动得落泪。

四、 合并大军区

● 1985 年，是中国的裁军年。这一年，中国将裁减军队兵员 100 万。

● 杨尚昆目光炯炯地说："这个班子，经过反复研究，决定合并。"

● 福州军区司令员江拥辉首先表态："没有意见。按照军委确定的办，至于我个人，听从组织安排。"

全军军以上主官参加军委扩大会议

1985 年 5 月 20 日，数架军用客机相继在首都西郊机场降落。从飞机上走下来全军各兵种和大军区的司令员、政委和军以上单位的主官，他们被分成两批召集到首都京西宾馆，参加在那里举行的军委扩大会议。

1985 年，是中国的裁军年。这一年，中国将裁减军队兵员 100 万。按照中央军委的部署，原来的 11 个军区将撤销 4 个。究竟裁撤哪个军区，即将在军委扩大会议上揭晓。

5 月 23 日，中央军委在北京召开扩大会议。

会议研究讨论贯彻军队改革体制、精简整编、减少员额 100 万的战略决策，并对落实这一重大决策的具体措施、步骤作出部署。

会议开始时公布了精简整编方案，这个方案将原来的 11 个大军区合并为 7 个军区，其中成都军区和昆明军区合并，新军区的领导机关定点昆明，称昆明军区。

听到这个消息，昆明军区司令员张铚绣并不意外。昆明军区地处中越边境前线，到会议召开时那里仍然战火不断，是当时唯一还有作战任务的大军区。

就在这年春节时，胡耀邦总书记和军委杨尚昆副主席、总政余秋里主任亲临前线视察，对军区的工作给予

了高度的评价。胡耀邦还为军区部队题写了条幅:

国威军威看西南

虽然方案要经过讨论才能最终敲定,昆明军区此次已经是意定神闲了。从昆明上飞机的时候,随行的军务部长和干部部长带来了全套的接收方案,准备在会上与成都的同志具体协商。

与昆明军区相比,成都军区显得有些心神不定。成都军区和昆明军区将合并为昆明军区的消息早在 3 月份就传到成都,军区机关和部队中出现了一些思想波动。而在他们来京时携带的公文包里,装的是军区合并后待解决问题的文件和公函。

6 月 3 日上午,军委常委会议要求到会同志对精简整编方案提出意见,再次进行研究。待研究确定之后,便是最后定局了。

合并大军区

王诚汉上书中央军委

成都军区和昆明军区将合并为昆明军区的消息传到成都时，军区机关和部队中出现了一些思想波动。

成都军区党委深深感到，这次精简整编，对部队是一次严峻的考验。为了坚决服从党中央、中央军委的决定，完成裁军任务，军区党委主要抓了几点：

一是在全区部队开展了一场正确对待精简整编、顾全大局的教育。要求全区部队，尤其是军区机关和撤编单位，要顾全大局、严守纪律，自觉地以局部利益服从全局利益，正确对待个人的进、退、去、留。

二是防止利用精简整编搞突击提干，各部门停止了提干工作。

三是对武器装备、物资、经费严加管理，严防违纪现象发生。

四是加强对部队的管理，保持高度稳定，确保各项工作的正常进行。

同时，军区各级领导分头深入各部队具体抓落实。由于措施有力，工作及时，保证了各项工作有条不紊地顺利进行。军委和三总部对成都军区的这些积极做法，给予充分肯定。

在认真贯彻军委、总部有关指示，做好各项合并工作的同时，成都军区司令员王诚汉一直在思考大军区机关到底定点在哪里更有利于整个西南战区的作战指挥、后勤保障和战区的长远建设问题。在王诚汉脑子里，总感到新的军区定点在昆明有些不妥。

在参加会议时，王诚汉一直在考虑这个问题。虽然军委传达的信息已经很明确，成都军区将并入昆明军区，但是凭借强烈的历史责任感，他始终觉得自己应当把意见提上去。

在会议期间，王诚汉向同去开会的同志谈了自己的看法，有的同志也有同感，但认为军委已经作出决定，恐怕不好改变，只能服从。

此时，王诚汉想到的不是成都军区是否裁撤的问题，而是国家国防部署的大局。他的思想在激烈地斗争，军委已经明确了的还能改变吗？自己马上退出领导岗位，还过不过问这件事？思来想去，夜不能寐。几经思虑，他还是决定对这件事必须出于公心，从大局出发，向军委领导同志反映。

军委扩大会议召开前夕，王诚汉在从成都到达北京京西宾馆的当天晚上，找到了军委副秘书长、总后勤部部长洪学智，问他对成都、昆明两区合并机关定点问题还可不可以再提意见。

洪学智很开明，当即痛快地说："有什么想法和建议，可以大胆地提出来供军委参考，不对还可以再改嘛！"

洪学智的答复坚定了王诚汉提建议的信心。

合并大军区

接着，王诚汉又在看望即将卸任的副总参谋长何正文、沈阳军区司令员李德生和广州军区司令员尤太忠时，就这个问题听取了他们的意见。他们也都认为军区机关放在昆明不大合适。这样，王诚汉就下定决心向军委提出意见，并征求了万海峰政委的意见。

王诚汉对成都军区机关的同志说："对这件事，我们不能像小孩放炮仗，又爱又怕。想透了、看准了的事，只要对全局有利，就要敢于去办。"

接着，王诚汉从怎样更有利于西南战区的作战指挥，怎样更有利于战区后勤保障和战区的长远建设等几个方面，反复慎重思考建议的理由，并组织机关干部起草关于昆明、成都军区合并后定点问题的建议信。

然后，王诚汉把成都军区参加会议的工作人员，即军务部部长刘国斌、干部部部长程功明、干部部处长李德义召集到一起，谈了自己的想法，要他们抓紧起草建议上报军委，并联合万海峰政委一道向军委领导同志反映。

几个工作人员一起，由李德义执笔，连夜起草了《关于昆明、成都军区合并后定点问题的几点想法》的信。这封信征得万海峰政委的同意，以他们两个人的名义，分别送至军委杨尚昆副主席和杨得志、余秋里、张爱萍、洪学智副秘书长。

他们在信中提出：

大军区的定点应考虑到地区的政治、经济、文化、交通、通信等历史因素和发展状况，要有利于作战指挥，便于组织部队向其他战区机动，因此在设置上应具有一定的弹性和稳定性，不宜过于靠前。

建议信的主要内容有：

从四川和成都在西南的政治、经济、军事地理位置看，定点成都比较合适；

从西南战区的作战指挥看，定点成都可以更好地兼顾西藏、云南两个作战方向；

从后勤物资保障看，定点成都有利于整个西南战区的物资筹措、调运和供应；

从利用现有军事设施看，成都到昆明、西藏的交通、通信设施比较完善，特别是成都到拉萨一线经过30多年的建设，公路、通讯、仓库、兵站等，都比较完善，定点成都有利于减少新的投资；

从军区空军的作战任务和指挥位置看，有利于整个西南空军的组织指挥。

信中陈述了军区机关定点由昆明改为成都的优越性，明确建议军委将定点昆明改为定点成都。

合并大军区

虽然提了许多建议，但在信中他们同时也表明，无论军委最终怎么决定，他们都坚决执行。

在军委扩大会的分组讨论会上，王诚汉又和万海峰按照这封建议信的内容，作了联名发言。会议内部简报刊登了他们的发言，发给与会人员并报送党中央领导同志和军委首长。

这个发言在会上引起了强烈反响。一些大单位的领导同志在分组讨论中发言支持他们的意见。

他们的意见引起了党中央、中央军委的高度重视，邓小平等领导同志在广泛听取意见的基础上，采纳了这个意见。

后来，军委扩大会议作出了改原定点昆明为定点成都的决定。这一改变，仅取消重新开通昆明到西藏的通讯线路一项，就减少国家重复投资一亿多元。

6月3日，成都军区副司令员兼参谋长接到王诚汉司令员从京西宾馆打来的电话："通讯大楼的基坑暂停回填。上海的电梯不要退货。这消息你一人知道就行了，不要外传。"

第二天，成都军区机关的院墙外有一家娶媳妇办喜事，噼里啪啦地放了许多鞭炮，那鞭炮就像是为墙里的人放的一样。

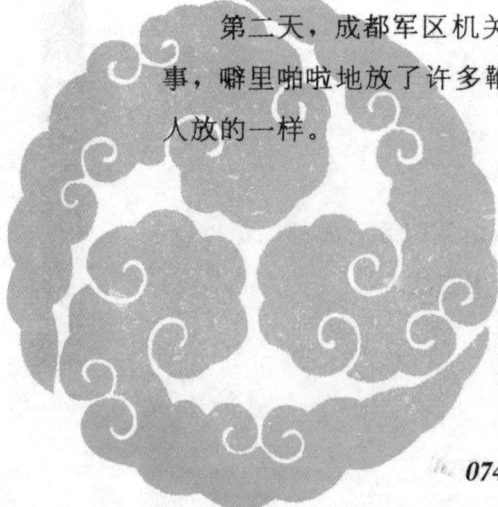

昆明军区党委决定坚决执行命令

1985 年 6 月 3 日，正在北京京西宾馆参加军委扩大会议的昆明军区司令员张铚绣见到了最后的整编方案：昆明军区被撤销。

虽然几天的会议进程已经让昆明军区来京的干部们有所准备，但是当结果最后公布的时候，他们还是觉得很难接受。

得到消息的当晚，昆明军区有人打电话给北京参加会议的军务部长："喂，有什么消息？"

"不知道。"

"我是问有没有什么变化……"

"不知道。"

这样大的变化，在北京的干部们不得不守口如瓶。半年来，昆明军区一直在为接收成都军区做准备。军区党委决定，严格控制干部提升，以便给成都的同志留出位置。

这种严格甚至达到了"过分"的程度。例如，1985 年 6 月 1 日以前，军区司、政、后机关有 26 个二级部正副部长缺编。下面报上来递补方案一律不批。与此同时，军区抓紧动员临近离退休年龄的同志离职，以便空出位置。已经离退休的同志提前搬进干休所，以便空出宿舍。

合并大军区

这样，一批本来可以提拔使用的干部失去了机会，一些本来应该解决的生活福利没有解决。为了大裁军，昆明军区许多干部做出了巨大牺牲。

对于这些牺牲，军委领导似乎早有预见。在军委扩大会议上，邓小平和其他领导同志一再提醒与会干部：

想问题，办事情，都不可忘记大局。有些事情看起来很小，也要注意这一条。

比如，5月份全军换装，退下来的老同志可不可以发新军装？从感情上说，我们的老同志，在枪林弹雨中出生入死几十年，发套军装有什么了不起？发个10套也算不了什么！但是这么一来，就把我们立下的规矩给搞坏了。

因此，这里有一个问题：是照顾情感更重要，还是遵守规矩更重要？

军委领导的话沉甸甸地压在昆明军区领导们的心头，从飞机离开北京，一直压到飞机到达昆明，压了整整1000多公里。

6月7日，在蒙蒙细雨中，张铚绣一行终于回来了。机场上已经有几十辆小车在等候，在家的副司令员、副政委和三大部领导，都来到机场迎接。

当张铚绣走出机舱时，看到黑压压的人群，略微有些吃惊。政委谢振华边走边打量着车阵和人群……还有一级台阶才能踏上昆明的土地，他却以为已经到了，一脚踏空，险些摔倒。

前来迎接的人们走上前来，和他们握手。只是握手，没有人说话，似乎也没有表情。车队在沉默中疾速驶向昆明城里。

此情此景，所有人的心里都是心潮起伏。昆明军区30年的历史上有过多少令人自豪的篇章：大西南剿匪、拉萨平叛、中缅边境勘界警卫作战、抗美援越、援老筑路、开发边疆、自卫反击战……这些都将成为历史，都将封存在"原昆明军区"的史册上。

昆明军区党委随即召开会议，决定无论有多少困难，多少理由，都要服从大局，都要执行命令。在这次党委会上，作出了非常明确的符合军委扩大会议精神的决定。

决定包括：坚决执行精简整编命令，不许借机突击提职、突击花钱，不许侵占公物，不许利用职权干预子女和身边工作人员的安排……

合并大军区

昆明军区召开总结大会

1985 年 8 月 14 日，昆明军区召开师以上干部会议，对昆明军区的过去进行总结。

就在半个月前，昆明军区向新的成都军区移交了作战指挥权。这样的事情，在全军历史上都是没有过的。交出指挥权的人满脸严肃，接收指挥权的人满脸冰霜。虽然每个人心里都很复杂，但新的使命在肩，所有人都在一个数据一个数据地核对，一个阵地一个阵地地核查。

在会上，张铚绣代表军区党委，作昆明军区 30 年总结报告，军区波澜壮阔的历史再一次在人们眼前展开。回忆着这个即将被封存的历史，多数人的眼睛里闪着晶莹的泪光。

最后，谢振华政委作了结束发言：

在即将结束昆明军区历史使命的时候，我们对部队确实恋恋不舍，我们还有许多话想给部队讲，但是没有更多机会了。

在我们交班的时候，我们殷切希望广大指战员珍惜昆明军区部队的荣誉，把我区部队的好传统、好作风发扬光大，永远保持下去。

……

在你们将来交班的时候，如果能够无愧地说：我们没有辜负昆明军区党委的重托，部队的老传统、老作风保持得很好，那样，我们就感谢你们了！

大礼堂里鸦雀无声。

干部们事后反映，这次会议是军区所有会议中最成功的一次。司令员和政委的讲话简直进入了艺术的境界，人们被深深地感动了。

合并大军区

南京、福州两军区合并

1985 年 6 月初，从首都机场和北京站驶来的轿车一辆接一辆地进入京西宾馆，决定中国军队新的编制体制的百万大裁军的中央军委扩大会议正在这里举行。

一天下午，在军委办公厅里，中央军委常务副主席杨尚昆和另外三位军委副秘书长与济南军区领导谈完话后，又找南京、福州两大军区的司令员、政委集体谈话。

就在不久前，中央文件和军委的批复已经下达：

南京、福州两个军区合并。

杨尚昆看着眼前的将军们，这些人当中有的刚刚从老山前线赶回，浑身还带着硝烟味；有的已经两鬓斑白，丝丝白发里写满了共和国创立时的困苦与艰辛，而此时却要面临与军旗告别；也有的年富力强，浑身充满了力量，要为共和国新时期的军队建设添砖加瓦。

杨尚昆目光炯炯地说：

这个班子，经过反复研究，决定合并。

军委副秘书长、总政治部主任余秋里向每个人手里的表格看了一眼，说："名单都有了。这是班子配备的初步方案，大家看一看，有什么意见？"

名单上，有的人被提升了，有的人退位了，有的人被调动了，有的人要去交流。而这些人就坐在会场上，和可以改变自己命运的人近在咫尺。

没有人在考虑自己的命运，所有人都感到了使命的庄严与神圣，心中都在考虑如何实施这个具有战略意义的大事！

"没有意见。"即将被合并掉的福州军区司令员江拥辉首先表态，"按照军委确定的办，至于我个人，听从组织安排。"

这个在朝鲜战场带领部队打出"万岁军"的猛将，依然表现出在战火中的果断与干脆。

南京军区政委审慎地说："要减100万，就得拆大庙。可能有个别同志思想准备不太足。"

福州军区政委接过话来说："要做好思想工作。退下来的同志如何安置好，要认真研究。"

南京军区副司令员张明用"革命战士一块砖，东西南北任党搬"这句话，表达了自己坚决服从组织安排的心愿。

福州军区副政委即将退出领导岗位，但他很乐观地说："邓小平主席讲10年到15年打仗打不起来，这个判断是科学的。趁有利的国际环境，把国民经济搞上去，这是全党全国的大局，人人都要想着这个大局！"

……

合并大军区

会议的气氛严肃而融洽。虽然多数人都互相不认识，但人人都一见如故，伸出了热情的手。

在一天前，某军参谋长刘伦贤还在坦克训练场指挥训练，此刻已经被任命为南京军区的参谋长。尽管他颇感意外，但一接到通知，就马上赶来北京研究全区的整编方案。

来自广州军区的某军政委于永波，突然被通知参加南京军区小组讨论，他才明白有了新的任命。

从老山前线来的某军政委史玉孝被任命为南京军区副政委，在新的岗位上，虽然没有炮火和地雷，但也有严峻的考验。

这些人将成为新的南京军区的领导班子成员，为共和国南部边境的安宁并肩战斗。

看到这些军中的精英将在自己的领导下工作，南京军区司令员向守志坚定地说："军委对我们信赖，要我们继续留下了。我们一定做好工作，不辜负军委领导对我们的重托。"

南京、福州军区机关合并部队整编

1985 年 6 月 5 日，关于合并后的南京军区领导班子的命令正式公布。

第二天下午，南京、福州两大军区新老班子成员 30 多人齐聚一堂，商谈机关的合并和部队的整编。

福州军区参谋长陈景三把画有红蓝绿黑标记的《福州地区形势图》挂在墙上，熟练地向南京军区的领导介绍闽赣驻军的情况，讲得生动又详尽。

福州军区司令员一边介绍部队情况，一边动情地说："我虽然已经免职了，但如果新班子需要我做什么工作，我会尽力协助，以积极的态度，共同搞好精简整编。"

这句话让在场的所有人都为之感动。

在当晚，合并后的新的南京军区党委顺利组成，人们用热烈的掌声祝贺新党委的诞生。

首都的夜晚是美丽的，八一湖边京西宾馆的灯火夜夜不熄。军务部的同志加班加点拟制整编方案，对新的南京军区进行整编的工作全面展开了。

首先要拿出一个整编方案。机关、野战军、守备部队的编制大体有方案，接下去人武部、军分区、省军区、后勤系统的医院、仓库、分部、汽车团，都要征求部门和领导的意见，高度的集中首先需要高度的民主，从而使两大军区合并工作稳妥地进行。

为了拿出一个合理的方案，军区的领导们忙得团团转，大会开完了开小会，小会开完了开碰头会，像400米接力赛那样马不停蹄地"跑场"。

整编如一根从大海到陆地的锚链，一环紧扣一环。定了编制体制，立即要选配班子，两大军区机关合并各占多少比例？要不要比例？

经请示军委，杨得志总参谋长说："军委不定比例，由各大单位协商。"

军委和总部首长给了他们很大的信任，对整编工作给了很大的余地。

南京军区作战部部长丁炳生、军务部部长宋文信等参加会议的各军级单位的领导，一个单位一个单位地召集座谈会。他们深知，编制就是军队的实力，而且，干部的调动牵动着每一个领导的心，所以，他们尽全力征求各个相关单位和领导的意见。

南京军区和福州军区分管干部工作的负责同志坐到了一起。他们先务虚，后务实。

南京军区政治部副主任王永明说："我们的工作必须有利于干部队伍"四化"建设，有利于工作，有利于团结。如果干部调配中出现了差错，那是我们的失职。"

虽然各种会议很多，但军区领导们还是感觉忙不过来，都恨不得能有分身术，同时处理多个问题。向守志司令员在回忆那段日子的时候，感慨地说："要研究的事情太多了。"

在拿出整编方案的过程中，人人都有出于公心的共同责任感，人人都自觉地摆正位置，承担起自己的责任。

南京军区干部部部长楼仲南对新任军务部兵员处处长的查福康说："你们是设计所，我们是建筑队。你画图纸，我盖房子。"

这个形象的比喻所透射出的强烈责任心，让查福康感动不已。

在制订整编方案的过程中，军区的领导们还承受着情感的煎熬。

两大军区合并，部队要减三分之一。按照精简整编方案，南京军区将撤销一个军和一部分师。

然而，哪个部队不是辛辛苦苦培养出来的，哪个部队不饱含领导们的心血啊！部队大都是从炮火硝烟中走出来的，**战争年代，**为了胜利，总要想方设法扩大和巩固部队，可如今，要撤销与自己情同手足的部队。所以，在决定**裁撤**任何一支部队时，领导们都觉得手中的笔重达千斤！

军务部宋部长翻开笔记本，怀着复杂的心情，向军区领导汇报每一个军、每一个师的历史，听汇报的人们都认认真真地听着。

这时，老政委郭林祥开口了。他说："我想了好久，我的意见，还是撤销驻镇江某军。驻湖州某军是红二方面军的老部队，贺龙老总、彭德怀老总都指挥过。驻徐

合并大军区

州某军是红四方面军的主力，有三个红军团。驻镇江某军是十八兵团最好的一个军，我同这个军有历史上的缘分，可这个时候，我不能偏重于个人的感情。"

在场的人都知道，这个军里有一个旅是郭林祥40年前在太行山组建的，是这个军的主力之一，曾以中原突围的辉煌战绩威震敌胆。在这样的时候说出这样的话，人们都知道他承受了怎样的压力。

郭林祥的话打开了情感"困局"，部队裁减顺利进行了下去。大家想来想去，比来比去，最后，还是痛下决心，科学合理地完成了撤并任务。

为了积极稳妥地做好两大军区的合并，做好部队的精简整编工作，南京军区司令员向守志从北京开会回来后，在机关干部大会上特别强调说：

　　　　这次两大军区合并，不能貌合神离。南京军区的干部，福州军区的干部，都是党的干部、军队的干部。从福州军区来的同志，要热情欢迎，物质上的问题，司政后机关要尽快着手准备。他们的住房、吃饭，一切生活问题，要专门研究，搞个方案，抓好落实。要想得非常细致，做得非常周到。

　　向守志还强调：

全区干部在整编中要发扬严肃认真、高度负责的精神，开拓进取、勇于创新、严于律己的精神，多干实事、注重务实的精神。每个干部，特别是各级领导干部，都要讲团结，讲风格，用"信任、友谊、谅解、支持"方针规范自己的言行。

当年的年中，南京军区领导到福州军区商讨合并事宜。南京军区抵达福州的海峰大楼后，福州军区的领导送来了荔枝、汽水，表达出一片深情。

两大军区的常委们见面后的第一件大事，就是确定统一的作战指挥。

福州军区江拥辉司令员向南京军区的领导们详细介绍了福建沿海的布防、工事，以及作战方案和精简整编的设想。

宋文信部长介绍了两大军区合并的整编计划。

在商讨期间，江拥辉司令员和傅奎清政委齐声夸赞"信任、友谊、谅解、支持"这 8 个字。

正是在这"八字方针"的指导下，两个军区都从对方的角度出发考虑问题，把便利留给对方，把问题留给自己。

南京军区机关的每个部门、每个处都要有福州军区的干部，多数的部门和处领导都要有福州军区的干部担任。为了腾出位置，南京军区已经将机关干部割爱了一

合并大军区

批又一批。为了顾全大局，福州军区也对推荐的干部进行了反复考察。

当向守志司令员在审查新军区的干部名单时，看到名单上福州来的干部任副职多，就提笔在名单上批示：

不能都姓副。

这样，二级部长中福州军区的干部又增加了正职，10多位副处长提升为处长。这让福州军区的领导十分感动。

经过一段时间的奔波忙碌，整编方案终于出台。这个方案使南京军区和福州军区都比较满意，并且实现了中央军委的精简整编要求。

新组建的南京军区党委扩大会议召开

1985 年 8 月 30 日，装修一新的南京华山饭店敞开了玻璃大门，电梯上下忙碌着。大门前的水池里，花石相映，珍珠般的喷泉在阳光的照耀下，飞腾出一道道七色彩虹。新南京军区组建后的第一次军区党委扩大会议在这里召开。

新南京军区驻福建、江西部队的师以上领导来到这里，参加这次历史性的聚会。

会议召开前，人们热烈地回忆起福州军区 200 名干部到南京报到时的情景。

在南京火车站，军乐队奏起了欢迎曲，战士们咚咚锵锵地敲响了振奋人心的锣鼓。向守志和傅奎清带领军区三大部的领导和机关干部在站台上迎接。一时间，南京火车站人山人海，成为一片花的海洋。

军列徐徐停了下来。福州军区的干部走出车厢，排成整齐的队列后，欢乐的声浪平息了，带队的福州军区军务部副部长行了一个标准的军礼，高声向向守志和傅奎清报告：

报告向司令员、傅政委，福州军区司、政、后机关来南京军区机关工作的干部顺利到达，请首长指示。

向守志还了一个军礼，高兴地说：

> 同志们，一路辛苦啦！欢迎你们来南京军区工作，我们是一家人了！

如今，一家人要坐在一起，讨论一家的事情了。

热烈的掌声中，军区老领导唐亮、肖望东、聂凤智、杜平等一起来到会场，见到新的南京军区顺利合并，见到华东部队新人辈出，古稀之年的老领导个个心情激动。

在会上，向守志和军区党委副书记、政委傅奎清先后作了报告。军区党委的同志分别对精简整编中的军事工作、政治工作和后勤工作作了总结和部署。

接着，向守志代表新军区党委，号召各级领导和机关，都要用"讲实话，干实事，求实效"的实际行动改进工作作风，为新的南京军区谱写光彩的篇章。

在热烈的掌声中，南京军区的老领导也发表了热情洋溢的讲话。

曾经担任过南京军区政委和福州军区政委的江渭清看到华东部队新人辈出，显得分外欣喜。他第一个发言说："我在路上想了一首诗，'东南屏障更坚强，维护和平捍海洋。保卫神州兴四化，长城万里世无双。'我把这首诗送给同志们，以此表达我对两大军区机关顺利合并和军区党委扩大会议圆满成功的热烈祝贺！"

南京军区老司令员聂凤智用激昂的声音说："我送给大家三句话：一句是祝贺、祝贺、再祝贺。祝贺两大军区机关顺利合并；祝贺军区党委扩大会议开得成功；祝贺有一大批年富力强的中青年干部走上领导岗位。"

聂凤智接着说："第二句是团结、团结、再团结。军区机关合并之后，要搞好部门之间、上下之间、同志之间的团结；要搞好军政、军民团结；还要搞好新老团结，退下来的同志要支持在位同志的工作，在位的同志要尊重、关心退下来的老同志。

"第三句是老同志人退下来了，革命的思想、革命的精神、革命的责任感不能退，要有一分热发一分光，要教育好青年一代，特别要把自己的子女教育好。"

老首长们语重心长、情真意切的讲话，赢得了全场热烈的掌声。

大裁减、大动作、大手笔，军委总部对这次会议和南京、福州两大军区的合并十分满意。

新时期的南京军区部队，生龙活虎、气象万千地走向新的征程，开始续写保卫南部边防的新篇章。

合并大军区

五、 铭记部队光荣传统

● 黑暗中，领导感到手上有热乎乎的水，他知道那不是雨水，是热泪。

● 工程兵这些 20 多岁的毛头小伙子们，用辛勤的汗水为深圳的美丽和发展奠定了基础。

● 海堤上，500 多名官兵冒着随时被海潮卷走的危险，跳入急流，在齐胸深的水中挽着手筑起两道人墙，掩护打桩、加固。

撤编部队向军旗告别

1985 年 9 月 1 日上午，云南省山区如缎带一般的盘山公路上，一辆挂军牌的北京吉普正在行驶。车上，司机显得没有精神，车上坐的两个军人也显得有些沮丧。

这是昆明军区 S 师的师长刘代坤和政委柴家信，他们正要去省城参加军区党委扩大会议。这是部署军以下部队整编的会议。

在 7 月底的时候，虽然上级对整编的消息守口如瓶，但师长和政委从军区小报上看到了一则消息，政委深入"山区所在部队是即将撤编的部队"。那支部队正是 S 师的。正是这则消息，两个人都明白了，"不幸"终于降临了。

S 师是 1949 年 3 月组建的。自组建以来，参加过渡江战役、进军大西南、云南剿匪、勘界警卫等战斗，是一支有战功的部队。

在 1979 年的自卫还击战中，又创造了"岱乃阻击战"这个著名战例，涌现出"攻坚英雄营"、"能攻善守连"和"守如泰山英雄连"三个受军委命名的英雄集体和山达、阿尔子日等全国著名的战斗英雄。

但是，S 师是所在军里组建最晚的师，按照"去新留老"的惯例，S 师被纳入了撤编的名单。

就在这天，师长和政委就要到军区去听这个"不幸"的消息，所以，两个人都没有了往日兴冲冲的劲头。

他们一上车时就心里酸溜溜的，路上只盼着车子开慢点，晚点到，哪怕晚一分钟听到那个"不幸"的消息也好啊！

18时，太阳在山头上只剩下半张脸的时候，吉普车终于开进了省城。汽车没有开进军区大院，而是拐进了S师转业干部安置小组的办公处。师长和政委在这里没滋没味地吃了晚饭，然后磨蹭着向军区招待所走去。天黑了，两个人才走到。

9月4日，首长宣读了撤编S师的命令，师长和政委两个人禁不住心中一阵悲凉。9月8日，会议结束，两个人立刻登车，命令司机开往某团。

这个团在岱乃阻击战中，先后有7个干部代理过连长，40个正、副班长代理过排长指挥战斗，这一切就发生在仅仅两天前的战斗中。

师长和政委在车上整理了情绪，虽然惋惜、忧伤，但在国家利益面前，个人感情是次要的。他们明白，现在想的不是撤不撤的问题，而是怎样撤的问题。

当天，两个人就召集了干部会议，传达了撤编命令。

柴政委说："谁对自己的部队没有感情？正因为有感情，就不能给部队抹黑，不能对不起我们师的老前辈，对不起在本师服过役的干部战士，尤其对不起埋在云南土地上的202位烈士！"

刘师长说："我们师仗能打，平时工作不含糊，撤编也要撤出个样子来！如果平时我们干工作用了八分力，现在要用十分。"

"撤出个样子来！"这句话狠狠地砸在干部们的心上。虎倒威风在，不能让部队的荣誉在最后一刻受到损失。干部们的眼睛里，露出战前誓师的悲壮。

部队整编最棘手的是干部进退、去留的问题。每天师党委们都要面对干部名单苦思，想走的不能走，想留的不能留，一次次谈话，一个个座谈会，师党委身体上、心理上都在承受着煎熬。

按照整编方案，S师撤编后，将以师机关为基础，加上另外两个坦克团的干部，组建坦克旅。上级把筹建坦克旅的任务，交给师党委牵头。

这对于解决本师的干部问题来说是个机会。于是，很多干部都眼巴巴地盼着师党委能在坦克旅中多安排几个人。

这天，S师政治部主任朱勋耀带着坦克旅的干部编制预案参加上级主持的协调会。

在会上，两个坦克团的干部先介绍了自己的干部情况。朱主任一听，两个团的干部条件很好，整编后旅直辖营、团一级已经没有位置了。要是把这批有专业特长的干部放走，那就太可惜了。但是，已经准备好的预案中，有些位置安排的确实是不懂坦克业务的本师干部。

朱主任最终没有亮出预案，会议一结束就立刻回到师部，向党委汇报。

委员们连续召集了三次会议讨论，最后决定，从部队建设大局出发，决定对师机关原来已经选入的干部忍痛割爱。

最终，在新成立的坦克旅干部编制方案中，旅参谋长、副参谋长、技术部主任、作训科长、战勤科长，以及技术部大多数干部，都由两个坦克团的干部担任。旅机关包括旅领导在内的 9 名副团职以上干部，师里占 4 名，两个坦克团占 5 名。

这个方案一报上去，一次就通过了，军里和两个坦克团都满意。

在整编中，S 师要交出去 43 个连队。对此，师党委成员的想法是一致的：整编不是单纯的减人数，而是要提高战斗力，交出去的这些连队，就是我们的最后一次贡献。因此，一定要交出一支顶呱呱的部队。选配、调整这 43 个连队的干部，只有一条标准：选好的。

10 月 6 日这天一大早，18 台汽车编好了行军次序，装载着各种器材，整齐地排列在大操场上。干部战士背着行装，列队在前面。

天正下着小雨，团部的大喇叭里播放着进行曲和动人的祝词。听到消息的师首长、团部机关干部，在本地离休或退休的老首长和专业干部们，团部的家属、孩子，二营"共建单位"，以及驻地附近的群众，都自动赶来了。

风萧萧，雨蒙蒙。即将离开老部队的干部战士们露出惋惜与坚定的复杂感情，前来送别的人目光中饱含伤感。

张副师长代表师党委发表了讲话，他是这个营的老营长。他说：

亲爱的同志们，在我师的序列中，你们出色地完成了作战、训练、生产、施工等各项任务，出现过闻名全军、全国的英雄模范，为我师的史册增添过光荣的篇章……师党委感谢你们，全师指战员感谢你们！

……

同志们！我们师和我们这个团的建制撤销以后，新部队的首长同志们，将从你们身上看到老部队的作风和素养，你们就是我们这个师和团的代表。同志们，师党委拜托你们了……

低低的啜泣声从队列里和送行的人群中响起，激昂的进行曲也不能淹没这显得低沉的悲伤。

营长罗真宪站出来代表全营致辞：

敬爱的师、团党委，首长和同志们，我们……

铭记部队光荣传统

说到这里，他说不下去了，思路和喉头一样被泪水哽咽了。

战士们低着头，老首长们擦着眼泪，人群中的妇女和孩子哭出声来了。

就要上车了，团长、政委代表团党委向二营赠送锦旗，上面绣着：

保持光荣传统，创造更高荣誉。

接过锦旗，二营教导员朱山荣跨前一步，脸上流着泪水，"哗"地抖开另一面锦旗：

永远铭记老部队养育之恩。

这是意料之外的回赠，也是情理之中的儿女离开父母时的话别。

鞭炮声、锣鼓声穿过细密的雨幕，一直追着车队转过了山脚。

7月份，S师的领导们又一次经历了这样的别离。师侦察连刚从前线撤下来，接着就撤编了，干部战士要转到别的部队。

子夜时分，天空又下起了雨，南部边境总是这样地多雨。从前，干部战士们讨厌雨，它给行军带来了很多麻烦。今天他们却感谢雨，它可以掩饰脸上的泪水。

凡是在家的师领导都来送别。

这时候，曾经和领导闹过脾气的战士也扯住领导的手，想说什么，可什么也说不出来。

黑暗中，领导感到手上有热乎乎的水，他知道那不是雨水，是热泪。

最后的日子终于到来了，最后一批军人将离开营房。一队队摘掉领章和帽徽的战士在军旗前列队，齐刷刷地向飘扬的军旗敬礼。

这一天没有下雨，火辣辣的阳光倾泻在无遮无拦的操场上，照耀在鲜红的军旗上。

没有人挪动脚步，大家都直挺挺地站在军旗下，敬礼，敬最后一个军礼！

领导们不好催促，只好说："放下手吧，还有同志在等着向军旗告别呢。"

当最后一队战士向军旗敬礼时，领导们看着焦急的司机，走上前说："让他们再站一会儿吧。"

司机点了点头，转身擦掉泪水。

基建工程兵首闯深圳

百万大裁军，除了首先被撤销的铁道兵外，还有就是基建工程兵。尽管工程兵裁减转制早就在一步步进行了，但是当工程兵官兵们听到这次百万大裁军要彻底裁掉工程兵的消息时，一下子大家都难以面对这个无情的事实。

那还是 1963 年 3 月，根据国家经济建设和战备的需要，党中央、国务院、中央军委决定组建中国人民解放军基本建设工程兵部队。

从成立之初，基建工程兵部队就按照"劳武结合、能工能战、以工为主"的光荣使命，牢记全心全意为人民服务的宗旨，一边保家卫国，一边建设家园，担负国家基本建设重点工程和国防工程施工的任务。

基建工程兵是一个比较特殊的兵种。那是 1966 年 8 月 1 日，为了适应国家经济建设和国防建设需要，中央决定将其直属的部分施工队伍整编为基本建设工程兵，使其成为一个职业化的施工队伍，以解决地方施工队伍在其施工期间因家属拖累较大、跨区域调动困难等因素带来的一系列矛盾。

在中央作出组建基建工程兵的当年，就分别在冶金部、煤炭部、水电部、化工部、建工部、交通部等中央各部直属的施工队伍中抽调了有关人员，组建了第一批基建工程兵部队。

基建工程兵组建后，便受国务院和中央军委双重领导。从此，中国人民解放军的序列中又多了一个兵种，国家基本建设重点工程和国防工程建设中又多了一支生力军、突击队。

在第一批基建工程兵组建之后，中央又于1971年至1979年，又先后组建了铀矿地质和矿山、水文地质普查、北京地铁和市政建设、战备通信、黄金地质等部队。

随着基建工程兵部队的不断增加，在经过一段时间的准备后，经中央批准，基建工程兵领导机构于1978年1月才正式成立。当时由李人林任主任，谷牧副总理兼政治委员，机关主要设指挥部、政治部、工程部、后勤部等。

到1979年底，基建工程兵共辖有10个军级或相当于军级建制的指挥部、32个师级或相当于师级建制的支队、5所技术学校、150多个大队或团，总兵力约50万人。

基建工程兵的建制虽然有其自身特殊性，但在部队建设上仍贯彻执行中国人民解放军的建军原则。自组建以来，基建工程兵的足迹几乎踏遍了我国近30个省、市、自治区，付出了大量艰辛的心血。

在工程建设中，基建工程兵不怕苦、不怕脏、不怕累，以顽强拼搏、勇于创业的精神，相继完成了湖北省

铭记部队光荣传统

化工厂和化肥厂、陕西省桑树坪煤矿、贵州盘县矿区、辽宁铁法矿区、辽阳石油化学纤维总公司、山西古交矿区以及潘家口水库等国家大中型建设项目和重点单项工程130多项。

基建工程兵还探明了一批铀和黄金矿床，完成了北京地铁二期工程，为北京和其他一些大中城市建起了大批教学、科研楼房、厂房以及民用住宅。完成了华北、东北、西北和西南等地220余万平方公里的水文地质普查任务，填补了国家雪线以下350万平方公里中最艰苦地区的大面积水文地质空白，为我国经济和社会发展提供了基础资料。

基建工程兵还修筑和改造了秦岭、天山、川藏和青藏等公路2300公里，参加了河南省抗洪救灾和辽宁、河北等地的抗震救灾斗争。

基建工程兵在完成各项任务的过程中，部队涌现出了一批先进集体和以"雷锋式好干部"姚虎成为代表的英雄模范人物，为社会主义现代化建设做出了重要贡献。

基建工程兵尽管具有光辉的历史，但是随着时代的发展和国家建设的需要，国务院和中央军委率先就着手试验将工程兵进行裁减和转制，为后来的大裁军探索出一条道路来。

那还是在1979年9月，按照国务院、中央军委命令，基建工程兵冶金系统调集五个建制连共1041人组成先遣团，从鞍山市开赴深圳，首先拉开了基建工程兵建设深圳特区的序幕。

基建工程兵先头部队驻扎在深圳通心岭片区。此时的深圳，基本上是荒坡野岭，到处是荆棘杂草，生活环境十分恶劣。初来乍到的北方战士最苦恼的是，那满天飞的蚊虫，随时袭击战士们裸露的肢体。这里的蚊子个头大、毒性大，战士们这样形容：三个蚊子一两重，两个蚊子一盘菜，一叮一个大紫包，十天半月好不了。

特别令工程兵官兵难以忍受的是，靠着蓝蓝的大海却没有水喝，打出来的井水又咸又苦，根本无法饮用。灼热的太阳，烧烤着几乎冒烟的工地，严峻地考验着战士们的体能，磨炼着战士们的意志。

还有，台风和暴雨说来就来，恣意肆虐，遍地横扫战士们简易的窝棚。台风暴雨过后常常是一切荡然无存。此外，当时深圳生活供给也比较困难，一不小心就会染上又臭又痒的"香港脚"……

在如此艰苦的条件下，官兵们表现出了顽强的斗志和大无畏的精神。没有水，大家就到很远的地方去拉；没有菜，大家就自己种地；蚊子咬，就让它咬，咬麻木了就好了。

当时深圳有条布吉河，这条贯穿深圳南北的河流有三十多年没有疏通过，河道里全是污水、垃圾、粪便、动物尸体、杂草等，臭气熏天，被称为深圳的"龙须沟"。洪水一来，污物遍地流，周边居民苦不堪言。

工程兵官兵们接到任务后，战士们忍着刺鼻的恶臭，脚踩淤泥，大干起来。他们用锹挖，用镐刨，用竹筐抬……因为臭气实在难忍，有的战士便晕到了……经过25天的艰苦奋战，这条排洪沟焕然一新了。在河道边，部队还建起了一个街心花园。

在当时，深圳特区刚刚成立不久，政府工作人员甚至领导们都在清一色的平房中办公，且办公地点分散，东一块西一块，加上通信不发达，大都只能依靠自行车进行工作联络。特区政府急需办公场所。

基建工程兵接下了这个神圣的任务。这是基建工程兵进入深圳打响的第一仗。两个连队不分白天黑夜地干，很多干部战士干脆住在了工地。设备严重缺乏，连铁锹也是两人合用一把。晴天，顶着烈日，挥汗如雨。大雨来临，他们就排起长蛇阵，用脸盆将积水一盆盆泼出。

地基打好后，楼层开始修建了，几乎三天一层的办公大楼直往上冒。工程峻工后，为了纪念工程兵战士的努力，市政府在门前由西朝东立起了一尊"拓荒牛"的雕塑。"拓荒牛"肌腱鼓胀，四蹄坚挺，埋头奋进，这正是基建工程兵的生动写照！

深圳电子大厦建筑面积为14455平方米，设计楼高20层，这是深圳第一幢也是当时国内第一幢完全自行设计、自主施工的超高层建筑，在破土动工时，引起了国内各界的关注，在香港地区乃至西方国家引起了轰动。一时各方褒贬不一，议论纷纷。大家不敢相信有这样的施工技术、施工能力和施工胆魄。

在这样的大背景下，基建工程兵部队勇敢地承担了建设任务，拉开了深圳乃至全国高层和超高层楼宇建设的序幕。在深圳特区，那片富有想象力和创造力的热土，造就了一批敢想敢干的先行者。

工程兵们在一无技术、二无经验、三无参照系、四无大型先进施工设备的情况下，就轰轰烈烈地开始了。全体参战官兵通过开诸葛亮会讨论、修改实施方案，摆龙门阵演练、改进施工技术等，轮番上阵，不间隙地抢施工进度，以"过五关斩六将"的勇气，硬是用铁锤、泥抹子、刮灰刀这些最基本、最原始的工具，在特区那块处女地上，用 15 个月的时间，奇迹般地矗立起了我国建筑史上的标志性建筑！这不但开创了我国自主设计、自主施工超高层建筑的先河，而且打破了国外认为我国无法自主建造高层建筑的偏见！

奇迹在工程兵官兵们手中诞生，热血在官兵们心中激荡。这支英勇的部队，以近乎完美的创业精神，随后建起了罗湖第一幢高层建筑——国商大厦。1984 年，改革开放总设计师邓小平视察深圳时，就是在此登楼环视深圳和远眺香港的，在这里构思并规划了深圳的未来发展。

工程兵们还神奇般竖起了一幢幢高楼大厦：深圳第一幢高档酒楼泮溪酒家，它使深圳人民终于可以以自己的酒店和礼仪来接待来自国内外的贵宾；深圳第一座大型商场友谊商场,这不但筑起了深圳、香港、内地的第一个经贸交易基地,而且极大地改善了深圳人民的生活质量……

工程兵这些 20 多岁的毛头小伙子们,用辛勤的汗水为深圳的美丽和发展奠定了基础。他们都是普通人,没有惊天动地的业绩,没有渊博如海的知识,有的只是对党对人民的无限忠诚,但他们却实实在在为深圳崭新的历史开篇留下了浓墨重彩的一笔。

为了适应国家经济体制改革和军队精简整编的需要,国务院、中央军委于 1982 年 8 月作出了《关于撤销基建工程兵的决定》。

基建工程兵大部分按系统对口集体转业到国务院各有关部委、北京市和相关省、市、自治区。其中:水文地质部队转隶有关军区;战备通信部队移交中国人民解放军总参谋部通信部;水电、交通、黄金地质部队划归中国人民武装警察部队。

在新天地创造新辉煌

深圳市有关领导看到工程兵们创下的辉煌业绩，非常感动，曾这样赞扬这支先遣工程兵队伍：

> 这是一支能吃苦、肯打硬仗的部队。把深圳的建设交给你们，我非常放心。深圳人民也相信你们一定会把深圳建设好的。

正是这支工程兵先遣部队的卓越功勋，促使深圳市委、市政府多次打报告到中央，诚恳请求增调工程兵进特区。中央于是抽调了两万基建工程兵集体南下，大批工程兵官兵浩浩荡荡地开赴到了深圳。

1982年秋天，基建工程兵近两万人奉国务院和中央军委命令，肩负着党的嘱托和深圳人民的期望，分别从天津、上海、唐山、鞍山、沈阳、本溪、锦州、西安、汉中、安顺、遵义、荆门、郑州等地陆续调入深圳。

一时间，神州大地兵马涌动、京广线由北向南陆续驶过一百多列军车，各路精锐之师昼夜兼程、豪情万丈地开赴祖国改革开放的最前哨阵地——深圳。由于得到了深圳市委、市政府和深圳人民的关心和大力支持，仅仅两个月，大部分调入工作便顺利完成了。

铭记部队光荣传统

这是一支有着军队优良传统和朴素作风、体制基本健全、实力比较雄厚、突击性较强的基本建设队伍，拥有各类专业技术干部 1088 人，固定资产原值 6053 万元，流动资金 9981 万元，设备总值 5161 万元。

工程兵官兵们接到开赴深圳的命令后，大家异常兴奋，并不知道深圳是个什么样子，只知道是祖国南海边毗邻香港的一个"城市"，祖国改革开放要在那里搞一个"试验场"。于是，大家纷纷展开想象的翅膀，对深圳甚至香港充满了无穷想象。

这些分布在全国各地的工程兵们将自己的板房拆开，将行李打包装上火车，没有犹豫，没有耽搁，带着战士出征的必胜信念，一路风尘仆仆，来到了全国人民瞩目的深圳特区。

官兵们坐了几天几夜的闷罐车，忍受了几天几夜的疲倦劳顿。车终于停了，战士们顾不上打点行李，便迫不及待地跳下车，可眼前的深圳市，几条冷落的铁轨从南码头仓库到北货站孤零零地延伸着，除了乘坐的满是风尘的火车和满地工程兵外，到处是满目荒凉，人烟稀少。稀稀落落的村庄散置在山脚河边，道路凹凸不平，坑坑洼洼，贫瘠的山梁仍留着"刀耕火种"的痕迹。

哗哗流淌的深圳河，仿佛向工程兵们倾诉，亘古至今，流逝的岁月从没卸下过"一穷二白"的包袱。这就是大家梦中的深圳市吗？简直还没有一般的村子大呢！大家看着电子大厦孤零零地耸立在暮霭中，战士们站在车门口，都迟迟不愿下车了。

虽然战士们到过不少艰苦的地方，打过不少硬仗，可是深圳这个毗邻香港的地方，这个在全国各地议论纷纷的改革开放"实验场"，这个寄托着祖国改革开放的宏伟蓝图，实在是太过荒凉了，简直让战士们无法接受。可以说深圳给战士们当头泼了一盆冷水。

没有住房，工程兵们开始几天只能吃住在车厢里。车皮调走后，临时住所也没有了，大家只得重新寻找营地。根据安排，第十六团大部分官兵一万余人要安营扎寨在安托山南。

在搬迁那天，正逢大雨下个不停。通往新营地的唯一窄窄土路已被先过去的部队踩成了烂泥路，烂泥裹着坚硬的石子灌进鞋里，狂风暴雨抽打着战士们的脸颊，沉重的器材压着战士们的脊背，军用卡车陷在泥淖里空打转。十多里路，战士们摸滚打爬了一整天。

一下子驻进这么多人，既没电也没自来水，最近的一口水井还远在半山腰，要供给近万人饮用、做饭、洗衣、冲凉，根本不够用。战士们只好给每一辆车都加上一个大水罐，一有空隙便远赴十多公里外的地方拉水，每天定点、定时、定量供应。战士们排队用脸盆接完水后，一部分用来喝，一部分早上和晚上洗完脸后，再用来洗衣服，最后用来洗脚。至于洗澡，那简直就是一种奢侈。

这里到处都是壮如野兔的硕鼠乱窜，还有就是令人恐惧的蛇不断出没。战士们住的都是用竹子搭起来的竹棚，各种各样的蛇深夜常来造访，或吊在棚顶，盘在梁上，或爬上地铺，窜到脑后。战士们常常睡到半夜一翻身，常能发现眼睛上方吊着一条或身旁多了一条光溜溜的青蛇，战士们时常被吓得光脚光背在竹棚里乱窜。

这里空气潮湿，战士们常常染上"香港脚"，又臭又氧，还烂脚丫。许多北方来的战士不适应这里潮湿闷热的气候，他们每人身上、脚上都长了湿疮，腿上也挂了一串串光亮亮的水泡，一上工地擦破后，便疼痛难忍，十天半个月不见好，有的连裤子也穿不上，连卫生员都没有办法。在当时，部队流行一首顺口溜：

　　　雨停了，天亮堂，找竹竿子加固房。

　　　挖水井，排水塘，草地晾被晒衣裳。

　　　吃了上顿没下顿，烂手烂脚全身痒。

　　　早知深圳这样苦，最心痛的是俺娘。

小小深圳一下子增添了两万个年轻力壮的小伙子，连粮食调拨都来不及，供应顿时紧张起来。战士们的生活异常艰苦，有的部队一连几天都吃不上一顿饱饭。虽然村里路旁长满了诱人的香蕉、荔枝等，但是没有一个战士伸出一个手指头去碰，严明的部队纪律使他们自觉地不拿群众一针一线。

在来深圳的两万工程兵中，还有一支医疗队伍。医院因陋就简地建在荒芜的半山坡上，是木板、树皮、油毛毡凑合的。虽然当时无处设立专门的诊所和手术台，但却承担了两万官兵甚至深圳市民的医疗卫生工作。有的军医由于吃不饱饭，却又要长时间工作，竟然晕倒在手术台上。但就是这样，许多垂危的生命硬是被他们从死神手中夺了回来。

一场百年不遇的 12 级台风挟着暴雨，以每小时 20 千米的速度狂袭深圳，持续了 24 小时之久。碗口粗的树被连根拔起，电线杆被拦腰折断，卡车被掀翻了，官兵们刚搭起来的竹棚连同被盖、锅盆、碗筷全被卷上了天。

物质生活的极度匮乏，自然条件的异常艰苦，并没有摧垮官兵们的斗志，两万基建工程兵经受住了种种严峻考验。军人铁的纪律、钢的意志和对党的无限忠诚、对改革开放事业的坚定信念，使他们始终坚定地扎根在这片创业的"实验场"，坚持着特区的各项建设，无怨无悔地挥洒自己的青春和汗水，有的甚至献出了宝贵的年轻生命。

1983 年 9 月 15 日，根据国务院、中央军委命令，为了加强特区基建力量，加快特区建设步伐，两万基建工程兵正式集体转业，改编为深圳市属建筑施工企业的职工。当时人口尚不足 3 万的深圳特区，一下子多出了两万没有肩章、帽徽却身穿绿军装的"特殊市民"，这成了深圳特区当时一大亮丽的风景。

部队从计划经济模式跨入了市场经济模式，从军队的供给制转向了自谋生路、自找饭吃、自寻活干，从神圣的军人到普普通通的"企业人"，部队官兵普遍有着深深的失落感。

这些大多来自农村的年轻小伙子，还来不及有思想准备，还不明白就地转业给即将开始的人生和事业带来的变化是什么时，他们就被抛进了无底的市场"深渊"里了。

基建工程兵转业之初，正是深圳特区以城市建设体制率先进行市场经济改革之时。建筑业尝试招投标，率先全国打破建筑行业的地区封锁。外驻企业纷纷进入深圳，境外实力雄厚的建筑商也闻风而至，抢滩深圳遍地火爆的建筑市场，一场竞争激烈的战斗打响了。

两万基建工程兵集体转业改编后，体制由原来的国家统一"管、统、包"变为企业自己找米下锅，自由竞争，自谋生路，自找饭吃，自寻活干，大家一时无所适从。当这群工程兵打着刚成立的建筑公司的名义到外面寻觅工程时，他们吃惊地发现，突然间找不到自己的位置了。

习惯了"以服从为天职"的军人，哪里懂市场经济？哪里又会"竞标艺术"？于是，大多数工程兵公司在竞标中都是连竞连败，又连败连竞。竞争激烈的建筑市场使这支习惯于完成上级指令性任务的"部队"一下如断了奶的孩子，最后不是拿人家不愿意拿的苦工程，就是吃人家的"二包活"。整个队伍就像一头公牛掉进了枯井里，有劲也使不上。工程兵们普遍感到思想观念不适应、管理体制不适应、竞争环境不适应。

从部队供给体制到计划经济，再到社会主义市场经济，这是一个历史的必然。适者生存，是自然规律。

面对两万人的出路，公司领导们认识到，要想闯出一条活路，只有彻底告别过去，一切从头开始，一切从零开始，一切从自力更生开始。这支英雄的队伍于是喊出了口号，"不靠天，不靠地，要靠自己救自己"！

经历了较长时间徘徊与摸索，经历了体制变革的苦闷与挣扎，工程兵们的思想有所转变，慢慢适应了市场经济的发展，开始"自由游泳"。不再找市长，而是找市场，苦学习存技能。残酷的市场竞争，让这些"商海"的新战士们明白了一个道理，光有干劲不行，只会苦拼不够。学习不提高，技能不提高，观念不改变，最终会被市场所淘汰。于是一股学习热潮随之兴起。

为了尽快变军人为合格的企业员工，工程兵们开始了艰苦学习。他们以顽强的毅力克服了学习中的种种困难。终于，大家的脑子开窍了。经过一段时间摸索，他们终于产生了一整套自己的劳动管理、定额管理、施工管理、机器设备管理、技术创新办法等管理规则。

同时，企业还积极组织内部开展技能竞赛，提高员工技能水平。职工们踊跃参加，不甘落后，大家终于把商品经济的思维方式学进了头脑中。

就这样，军队供给制的"大铁饭碗"逐渐砸破了，平均主义也开始受到了冲击，干部思想迅速转了轨，员工们也明白了企业怎么干。从管理到思想再到体制的大转变，改革本来就是一场革命，谁都必须经历这一苦痛的历程。

深圳市修建白芒直升飞机场，要求 6 个月交工。新的考验来到了，工程兵们能不能赢得深圳人民的信任，能不能在特区站住脚跟，关键就看这第一仗了。基建工程兵们立下了军令奖！

老团长田守臣把床搬到工地现场日夜督战。在一次台风暴雨之夜，他被埋在坍塌的值班室里了。但是，第二天，他就带伤仍奔走在现场了。结果，仅 4 个月时间，他们就建成了一个新机场，被誉为"中国机场建设史上的奇迹"。

基建工程兵指战员们正是凭着这样的忘我气概，驾驭着企业之舟在商海中航行。1989 年，该公司实现总产值 1.58 亿元，比 1983 年改编时增长了 59 倍，利润增长了 19 倍。

喜报频传时，也是老团长田守臣生命弥留之际。病榻上，他让医护人员告诉公司的财务部，送一份第一季度的财务报表给他看。报表送到医院，他已看不清楚了，只好让妻子念给他听。生命弥留的最后一天，公司几位主要负责人到医院探视他，他要求大家一个一个地介绍改革情况给他听。最后，他依然微笑着说："你们要加强团结，互相支持，齐心努力，把公司的工作搞得更好。"

这就是老团长田守臣留在人世间的最后一句话！噩耗传来，战友们无不为之动容……不经苦寒来，哪得梅花香！基建工程兵转业后，在建设部开展的建筑百强中，建设集团所属市政公司、五建、二建分别获得第一强、第三强、第四强的称号。

基建工程兵们不断创造着辉煌，实现了大家"脱下军装还是英雄汉，告别军旗还是英雄团"的豪迈誓言。雄关漫道真如铁，而今迈步从头越，昔日的基建工程兵，现代的企业改革者，基建工程兵们正等着去开创新的辉煌！

铭记部队光荣传统

为引滦工程再建功勋

1985 年夏天，一辆黑色轿车驶出北京军区大院，开上京津高速路，加速向天津驶去。在车上，某师师长向莹荣和政委隋芝凤都紧绷着脸不说话，心里都在波涛汹涌地翻滚着。

他们是引滦入津部队的首长，他们的部队刚刚完成功照千秋的伟大工程。在引滦入津工程纪念碑的碑文上刻有这支部队光辉熠熠的名字：

中华人民共和国建国 24 周年之际，引滦入津工程建成通水。770 万天津人民饮水思源，镂石以铭。

……

中国人民解放军铁道兵八九二〇八部队和天津驻军五二八五九部队，承担了最艰险的开凿隧洞任务，人民子弟兵牢记全心全意为人民服务的宗旨，发扬大无畏的革命英雄主义精神，顽强拼搏，科学施工，为天津人民建立了丰功，创造了我国开凿输水隧洞的奇迹。19 名引滦工程建设者光荣地献出了自己的生命……

这样一支英雄的部队，在百万大裁军的大潮中被撤编了，这让两位首长心中很不平静。

年初时，就传言部队要整编，但部队人人都认为，怎么也不会整编到自己的头上。毕竟，这是一支功勋赫赫，而且连军功章还保持着授予者双手温度的部队。

于是，部队里上上下下都传颂着不被裁撤的理由：

我们是受过中央军委通令嘉奖的！

我们是受过党和国家领导人高度赞扬的！

历史性的评价，这样的师全军有几个?!

饭堂里，连炊事员也举着饭勺说："我拿饭勺担保，我们师将永远万岁！"

但这是历史的选择，而不是某师的选择。部队要精简，看的不是功勋，更不是历史，而是要着眼军队现代化建设的大局，这是任何部队都要承担起的神圣使命。

这种急转弯对任何部队来说都是困难的，如何解决好转向的问题，成了师长和政委一路上都在考虑的问题。

汽车开进了师部大院，师长和政委先后下了车。等待消息的人们除了寒暄什么也没问，也不好问，他们期待着师长和政委能告诉他们。

但是，师长和政委却依然如往常一样微笑。隋芝凤在人群里找到了组织科长，习惯地用和蔼严肃的表情下达命令："通知师党委驻师委员、各团长、政委，立即来师开会!"

第二天,撤销建制的消息如炸雷一般在军营里炸响,全师万名官兵惊呆了。广播员把开饭号唱片错放成起床号,炊事员在中餐里放了两遍味精而忘了放盐,而吃饭的战士们根本就没觉出今天的木须肉味道有些特别。

在中午,师党委召开常委紧急会议,讨论撤编事宜。会议室里,抽烟的、不抽烟的都在一根接一根地抽着烟。那些天津著名画家为引滦胜利而作的雄鸡、劲松、猛虎在腾腾的烟雾里若隐若现。

主持会议的师党委书记隋芝凤,传达了天津警备区政委等首长的指示。之后,师长向莹荣说:"军区、警备区都对我们师的撤编中的各项工作非常重视,我们一定要发扬引滦精神,干出第一流的成绩,撤出第一流的水平,交出第一流的部队!"

在这决定部队最后的日子里,如何稳定军心,防止意外,如何处置全师数十年来用血汗积蓄起来的万贯家产,如何在群情激愤、人心浮动的情况下,有条不紊地做好各项文件、档案、资料、图表、办公文具、武器装备和一大宗一大宗各类资料的移交工作,将决定全师的光荣历史在最后时刻,依然灿烂辉煌还是暗淡无光,每个与会者都感到了肩上沉重的责任。

副师长王文涌的一句话把全体常委们吓了一大跳:"哨兵刚才报告说,距师部大门三米半处的墙根里发现两枚地雷。"

会议室的气氛立刻紧张起来，常委们面面相觑。政委隋芝凤问："有没有引信？"

王副师长回答说："没有引信。"

常委们都松了一口气。

师长从椅子上站了起来，双手叉腰原地来回踱步，一边分析着一边说："地雷的出现现在看来有三种可能，一是搬运地雷的战士无意丢掉的，属于工作作风，组织纪律性问题。这种情况最乐观。二是有的战士对目前这种结局不满，有发泄性的示威心理。三是孤注一掷，伺机破坏，制造爆炸事件。这种情况是最严重的，恶果所及就不止我们一个师、新的天津警备区，甚至在全军、全国造成不良影响，成为无法估量的重大政治事件。"

隋芝凤对这个分析点头表示同意，他缓慢庄重地说："不论是哪种情况，这两枚地雷的本身就提醒我们，无论什么工作，一定要从严从细，绝不能有船到码头车到站的思想，万万马虎不得。马虎就要出纰漏、出乱子，不要把它仅仅看作是地雷，要想想地雷的背后。任何情况下都不能美化现实，特殊情况下会有特殊矛盾出现。比如，面对去向走留，干部战士暴露的思想问题就很多，很复杂，也很棘手。"

隋芝凤伸出手指，一个个地掰倒，给人们说着出现的问题："有的干部战士想留不想走，家属快要随军而没随军的人不想走，有本事有前途的年轻干部不想走，战士没入党、没考军校的不想走，留恋部队的干部战士大

铭记部队光荣传统

都不想走……还有其他多年遗留的问题，不管你走到哪里，屁股后头总是跟着一堆人，问题成山，矛盾成山。这就给工作带来很大矛盾，矛盾解决不好就会乱套。思想出了岔子，方方面面都会出岔子。"

听到这里，师长命令王副师长："立刻组织保卫人员、军械部门把问题搞清楚！"

隋芝凤补充了一句："注意弹药库，清点地雷数目，尤其地雷引信，还有其他武器弹药，加强警戒、管理！"

接着，就下一步的工作，隋芝凤提议：

一、结合精简整编新形势，从本师实际出发，多层次、多侧面、多渠道地展开顾全大局教育；运用整党经验，广泛开展谈心活动，从根本上稳定军心，鼓舞士气。

二、越是关键时刻，越要抓住党支部建设不放，要保证多数支委在位，使连队党支部形成集体领导；发展党员，既不搞突击入党，也不停止发展，保证党组织的健全，达到建制班有党员，排有党小组，连有 5 人以上的支委会，形成拳头。严格党的组织生活，党的机器绝不能停止运转，坚持做到支委会每月开一次生活会，党小组每半个月开一次小组会，党员每周汇报一次思想，使党员在组织的管理和监督下行动。

三、各级党委既要抓好职责内面上工作，又要带领司政后机关干部承包各团工作，到下面去面对面指导。

这三条建议，取得了常委们的一致同意。

接着，师党委又讨论了行政和后勤等方面的事宜。

最后，隋芝凤合上工作日记，斩钉截铁地说："就像一幕话剧，你怎么演得叫好？开头生龙活虎，高潮红红火火，结尾呢？要是闹个稀松二五眼，那全剧就砸了，观众要喊倒好！这回，我们拼上老命，也要演出雄壮的尾声！"

师党委的决定和指示贯彻下去了，沉寂了的军营又热闹起来，人人都你追我赶地忙碌着。撤编教育、干部安置、财物归整、武器封存、物资处理、营房修整、谈心活动……一项一项地开展，一个一个地落实。

在B团三连割了一大半的稻田地头，一位肤色黝黑的老战士弯腰从水桶里舀起一碗水，刚要喝，就听到连长在喊："史如刚——"

"到！"史如刚端着水碗向连长跑了过去，递给连长水碗。

连长却拍了拍屁股下长满青草的渠埂："来，坐下，谈谈。"

"谈什么？"

"谈心。"

"心？挺好的呀！"

"……我脾气不好，你别怪罪。"

"连长脾气挺好的。"

"不，我骂过你还踢过你。"

"可你是为我好，我充大头，进洞没戴安全帽。"

"踢你哪儿了？"

"这儿。"史如刚抬了抬屁股，还摸了摸。

铭记部队光荣传统

"还肿吗？"

"早消了。"

"我对不住你，你别记恨我。"

"……连长，我要求上级给你撤销处分！"

"不，让它继续留在档案袋里吧，好好治治我这军阀作风。"说着，用手拍了拍史如刚的肩膀，手停在了那里，"回家以后好好干。"

"嗯。"

"别总跟老婆吵架，你老婆对你挺好的。"

"嗯。"

"改一改你莽撞的毛病，遇事要细心，不然要吃亏。别任性，地方上跟部队上不一样。"

"嗯。"

……

"把你家的地址留下，我转业后回地方好给你写信，有啥困难告诉我。"

"连长……"史如刚腾地站起来，冲连长撅起屁股，双手扶膝，脖子上青筋暴起，扭头对连长喊，"连长，求求你，再打我几下吧。"

连长没有动，眼睛里有晶莹的东西在闪亮。

"再不打，以后想打也打不着了。只要让我再穿几年军装，天天挨打也乐意呀！"

"你个孬种！亏你是三连的，是引过滦的，你给我起来！"

两个汉子站在夕阳下，紧紧地抱在一起，泪水和汗水搅在了一起。

8月19日，天津发生特大海潮，天津港告急，塘沽告急。汛情就是命令，这支即将退出军队序列的引滦功勋部队立刻从撤编前的悲伤中苏醒，再次展示出雄风。

居民区里，无论是白天还是黑夜，战士们都竭力支撑着伤痛的身体，背着老人，抱着孩子，小心翼翼地在大水中摸索前进。

海堤上，500多名官兵冒着随时被海潮卷走的危险，跳入急流，在齐胸深的水中挽着手臂筑起两道人墙，掩护打桩、加固……

海潮退了。黎明时，海堤的决口终于被堵住了，人民的生命财产安全了。

铭记部队光荣传统

参考资料

《走向现代化的人民军队》黄宏 程卫华主编 人民出版社

《共和国军队回眸》杨贵华 陈传刚编著 军事科学出版社

《大裁军》陈先义主编 长征出版社

《共和国五十年珍贵档案》中央档案馆编 中国档案出版社

《中国现代史资料选辑》彭明主编 中国人民大学出版社

《风云七十年：毛泽东等老一辈革命家与中国》郭德宏主编 解放军文艺出版社

《共和国领袖的决策艺术》本书编委会著 湖南人民出版社

《新中国军旅大事纪实》张麟 程秀龙著 湖南人民出版社

《五十年国事纪要》余雁著 湖南人民出版社

《中华人民共和国军事史要》本书编委会著 军事科学出版社

《中南海三代领导集体与共和国军事实录》蒋建农主编 中国经济出版社